오독

오독 문학 비평의 실험

C. S. 루이스 지음

홍종락 옮김

홍
성
사.

차례

I

소수와 다수

이 책에서 저는 실험을 하나 제안하려 합니다. 전통적으로 문학 비평은 책을 판단하는 일을 했습니다. 문학 비평이 사람들의 책 읽기에 대해 이야기하는 것들은 그 책을 판단하고서 내놓는 이야기입니다. 나쁜 취향은 정의를 내린다면, '나쁜 책'을 좋아하는 취향입니다. 저는 이 판단의 순서를 뒤집으면 어떤 그림을 얻게 될지 알아보고 싶습니다. 먼저 독자들, 또는 독서 유형을 둘로 구분해 봅시다. 그러면 책의 구분은 자연스럽게 이루어질 것입니다. 좋은 책을 '이런 방식으로 읽게 되는 책'으로, 나쁜 책을 '저런 방식으로 읽게 되는 책'으로 정의하는 것이 과연 얼마나 설득력이 있을지 한번 알아보기로 합시다.

저는 이것이 해볼 만한 실험이라고 생각합니다. 왜냐하면 제가 볼 때 책을 먼저 판단하는 경우 대개 잘못된 결론에 이르기 때문입니다. A는 여성지를 좋아하고(또는 여성지가 취향에 맞고) B는 단테를 좋아한다(또는 단테가 취향에 맞다)고 말할 때, 두 대상에 적용되는 '좋아하다'와 '취향'의 의미가 동일한 것처럼 들립니다. 동일한 행위가 다른 대상에 적용된 것처럼 들리지요. 그러나 저는 관찰을 토대로 이것이 대개는 사실이 아니라는 확신을 갖게 되었습니다.

학창시절부터 이미 우리 중 일부는 좋은 문학 작품에 반응을 보였습니다. 하지만 다수에 해당하는 이들은 학교에서는 〈캡틴〉[1]을, 집에서는 순회도서관에서 빌려온, 당시에 반짝 유행하던 소설들을 읽었습니다. 그러나 다수의 아이들이 소수가 책을 '좋아하던' 방식으로 '좋아하지' 않았다는 것은 분명했습니다. 그것은 지금도 마찬가지입니다. 차이가 눈에 훤히 보입니다.

우선, 그 다수는 어떤 책도 절대 두 번 읽지 않습니다. 문학적이지 않은 독자의 확실한 증표는 '전에 읽었다'라는 말이 그 책을 읽지 않을 결정적인 이유가 된다고 생각한다는 점입니다. 주위에 그런 분들이 있지 않습니까? 읽은 소설에 대한 기억이 너무 희미해서 도서관에서 삼십 분 동안 서서 계속 훑어본 다음에야 한 번 읽은 책이라는 것을 확신하게 되는 사람들 말입니다. 그러나 그들은 읽었다는 확신이 드는 순간 그 책을 당장 거부합니다. 그들에게 그 책은 타버린 성냥처럼, 써버린 열차표처럼, 어제 일자 신문처럼 쓸모가 없습니다. 이미 한번 사용했으니까요. 그러나 위대한 작품들을 읽는 이들은 같은 작품을 평생에 걸쳐 열 번, 스무 번, 서른 번씩 읽습니다.

둘째, 다수의 사람들은 책을 많이 읽기는 하지만 읽는 행위를 중

---

1) The Captain. 1899~1924년에 간행된 영국의 소년잡지.

시하지는 않습니다. 그들은 최후의 수단으로만 책을 찾습니다. 다른 소일거리가 등장하는 순간 민첩하게 책을 내팽개칩니다. 책은 기차 여행을 할 때나, 아파서 꼼짝도 할 수 없을 때, 달리 할 일이 없이 혼자 있어야 할 때, 또는 소위 '잠을 청하기 위한 용도로' 씁니다. 때로 그들은 산만한 대화를 나누면서, 종종 라디오를 들으면서 책을 읽습니다. 그러나 문학적인 사람들은 책을 읽되 집중해서 읽을 수 있는 여가 시간과 조용한 장소를 늘 찾습니다. 방해받지 않고 집중해서 책을 읽을 시간을 며칠이라도 갖지 못하면 빈곤해졌다고 느낍니다.

셋째, 문학적인 사람들이 문학 작품을 처음 읽을 때는 종종 사랑, 종교, 사별의 경험에 비길 만큼 너무나 의미심장한 일로 다가옵니다. 그들의 의식 전체가 달라집니다. 그들은 그 작품을 읽기 전과는 다른 사람이 됩니다. 그러나 다른 부류의 독자들 사이에서는 이와 같은 조짐을 찾아볼 수 없습니다. 이야기나 소설을 읽고 나서도 그들에게는 별다른 일이 벌어진 것 같지 않습니다. 아니, 아무 일도 없었던 것 같습니다.

끝으로, 읽기에서 나타나는 두 부류의 다른 행동의 자연스러운 결과로, 소수의 경우 읽은 내용이 즉시 머릿속에서 두드러지게 자리를 잡지만, 다수의 독자들은 그렇지 않습니다. 소수의 독자들은 혼자 있을 때도 좋아하는 구절과 시행을 읊조립니다. 책에 나오는 장면들과 등장인물들은 읽는 이의 경험을 해석하거나 요약해 줄 모종의 도상圖像, iconography이 됩니다. 그들은 서로 책 이야기를 하는데, 자주 오랫동안 이야기를 나눕니다. 그러나 다수의 경우는 읽은 것에 대해 생각하거나 말하는 경우가 드뭅니다.

다수의 사람들이 이 문제에 대해 시큰둥하게나마 솔직한 심정을 말한다면, 소수의 사람들에게 엉뚱한 책을 좋아한다고 나무라는 것이 아니라 책을 가지고 왜 그렇게 야단법석을 떠느냐고 나무랄 것입니다. 책의 종류가 무엇인지는 상관없이 말이지요. 소수에게는 책이 행복의 중심 요소이지만 다수에게는 주변적인 것에 불과합니다. 따라서 다수는 이것을 좋아하고 소수는 저것을 좋아한다고만 말해 버리면 사실을 완전히 무시하다시피 하는 처사가 됩니다. 다수가 책을 대하는 모습에 '좋아한다'는 단어를 쓰는 것이 옳다면 책에 대한 소수의 반응에는 뭔가 다른 단어를 찾아내야 합니다. 반대로, 소수가 책을 좋아한다고 말한다면, 다수에 대해서는 책을 좋아한다는 말을 쓰면 안 됩니다. 소수가 '좋은 취향'을 갖고 있다면, '나쁜 취향' 같은 것은 존재하지 않는다고 말할 수 있을 것입니다. 다수가 책에 대해 갖고 있는 성향은 '나쁜 취향'이 아닙니다. 취향이라는 단어를 한 가지 의미로만 쓴다면 그것을 취향이라고 불러서는 안 될 것입니다.

저는 이 책에서 거의 문학만 다루겠지만, 위의 사례와 똑같은 차이가 다른 예술이나, 자연의 아름다움을 대하는 태도에서도 드러난다는 사실은 주목할 만한 일입니다. 많은 사람들이 대중음악을 들을 때 곡조를 허밍하고, 그에 맞춰 발을 구르고, 이야기하고 먹으면서 그 곡을 즐깁니다. 그리고 유행이 지나면 그 곡을 더 이상 즐기지 않습니다. 그러나 바흐 음악을 즐기는 사람들은 전혀 다른 반응을 보입니다. 어떤 이들은 '그림이 없으니 벽이 너무 휑하기' 때문에 그림을 사서 들여놓고, 한 주만 지나면 그 그림이 사실상 눈에 보이지 않게됩니다. 그러나 뛰어난 그림을 몇 년 동안 질리지 않고 즐기는 소수의 사람들이 있습니다. 자연에 대해 말하자면, 다수는 '근사한 경치를 누구 못지않게 좋아합니다.' 그들은 좋은 경치에 대해 안 좋은 말을 하나도 하지 않습니다. 그러나 휴가 장소를 선택할 때 경치를 정말 중요한 요소로 삼는 것—경치를 화려한 호텔, 훌륭한 골프코스, 화창한 날씨와 같은 수준으로 진지하게 고려하는 것—은 그들에게 잘난 체하는 가식으로 보일 것입니다. 그들이 볼 때 워즈워스처럼 경치에 대해 '계속 말하는 것'은 허튼수작일 것입니다.

II

잘못된 특징 규정

한 부류의 독자들이 다수이고 다른 부류의 독자들이 소수인 것은 논리적인 의미에서 볼 때 '우연'일 뿐입니다. 두 부류의 특징은 숫자의 많고 적음에 있지 않습니다. 우리가 할 일은 책 읽기의 두 가지 다른 방식을 다루는 것입니다. 지금까지는 평범한 관찰만으로도 손쉽게 대략적으로 그것을 이야기할 수 있었지만, 이제는 거기서 더 파고들어 보아야 합니다. 첫 단계는 '소수'와 '다수'에 대한 몇 가지 성급한 감별법을 제거하는 것입니다.

일부 비평가들은 문학을 대하는 다수의 사람들이 모든 면에서 다수에 속하는 것처럼, 그야말로 무식한 대중인 것처럼 씁니다. 그 비평가들은 그들의 교양 없음과 야만성과 '거칠고' '조잡하고' '상투적인' 반응을 비난하며, 그로 인해 그들이 맺는 삶의 모든 관계에서 세련되지 못하고 무신경할 수밖에 없으며 문명에 지속적으로 해를 끼친다고 비난합니다. 때로는 '통속' 소설을 읽는 일이 대단히 부도덕한 행위인 것처럼 말하기도 합니다. 그러나 제가 볼 때 이것은 경험과는 다른 이야기입니다. 저는 이 '다수'가 정신적 건강, 도덕적 덕, 실천적 지혜, 예절, 일반적인 적응성 면에서 일부 소수의 경우에 못

오독誤讀

지않거나 그보다 더 우월하다는 생각을 갖고 있습니다. 그리고 문학적인 독자들 중에 무식한 사람들, 야비한 사람들, 왜소해진 사람들, 뒤틀린 사람들, 잔혹한 사람들이 적지 않다는 것은 우리 모두가 아는 사실입니다. 이 사실을 무시하는 사람들이 벌이는 성급하고 전면적인 분리 작업에 우리는 조금도 관여하지 말아야 합니다.

소수와 다수라는 구분은 다른 결점이 없다 해도 지나치게 도식적입니다. 우리는 두 부류의 독자들을 딱 잘라 나눌 수가 없습니다. 한때 다수에 속했던 사람들이 마음을 돌이켜 소수에 합류합니다. 소수에서 이탈해 다수로 전향하는 경우도 있습니다. 옛 동기를 만나고 그런 서글픈 발견을 할 때가 종종 있지 않습니까. 한 가지 예술에 대해 '대중적' 수준에 있는 사람들이 다른 예술 분야에서는 깊은 감식력을 보여 줄 수도 있습니다. 한편 음악가 중에 시에 대한 기호에서는 때로 한심한 수준에 머무는 이도 있습니다. 그리고 모든 예술에 대한 반응이 신통치 않은 이들 중에 뛰어난 지성과 학식, 섬세함의 소유자인 경우도 많습니다.

마지막으로 언급한 경우는 그리 놀라울 것이 없습니다. 그들의 학식이 우리의 학식과 종류가 다르고 철학자나 물리학자의 섬세함은 문학적인 사람의 섬세함과 다르기 때문입니다. 더 놀랍고 심란한 사실은, 직무상 문학을 깊이 있고 영속적으로 감상할 능력을 가졌을 것으로 기대할 만한 사람들이 실제로는 전혀 그렇지 않을 수 있다는 것입니다. 그들은 전문 직업인에 불과합니다. 어쩌면 한때는 그들도 온전한 반응을 보였을지 모르지만, 힘들고 무미건조한 일을 반복하다 보니 그런 반응은 일찌감치 사라져 버린 것이지요. 저는 지금 외국 대학들의 불행한 학자들을 생각하고 있습니다. 그들은 '일자리를 유지하기' 위해 논문을 계속 발표해야만 하고, 논문마다 어떤 문학 작품에 대해 뭔가 새로운 말을 하거나 그런 말을 하는 것처럼 보여야 합니다. 입시를 준비하는 학생처럼 최대한 빨리 한 편의 소설을 끝내고 부리나케 다음 소설로 넘어가는 과정을 이어 가느라 과로한 비평가들도 있습니다. 그런 사람들에게 독서는 그저 일에 불과합니다. 그들 앞에 놓인 텍스트는 그 자체로는 존재 가치가 없는 원재료일 뿐입니다. 이야기라는 벽돌을 완성하는 데 사용하는 점토라고나 할까요. 따라서 그들은 여가 시간에 혹시 책을 읽는다 해도 다수의 방식으로 책을 읽는 모습을 흔히 보여 줍니다. 저는 시험 채점관 모임을 마친 후 나오는 길에 동료 채점관에게 몇 명의 응시자가 답안을 작성한 한 위대한 시인을 눈치도 없이 거론했다가 한소리를 들었습니다. (정확한 말은 잊어버렸지만) 그의 태도는 이런 말로 표현할 수 있을 것 같습니다. "맙소사, 여보세요, 근무 시간이 끝났는데 그 얘기를 계속하고 싶어요? 벨 소리 못 들었어요?" 경제적인 어려움이나 과로 때문에 이런 지경에 이른 사람들에 대해서는 연민을 느낄 따름입니다. 그러나 불행히도, 야망과 경쟁심이 이 과정을 부채질하기도 합니다. 어떤 과정을 통해서건, 그렇게 되면 감상 능력은 망가지게 됩니다. 우리가 찾고 있는 '소수'를 전문가와 동일시할 수는 없습니다. 기가딥스[1]도 드라이어즈더스트[2]도 꼭 소수에 속하란 법은 없습니다.

출세주의자는 더 말할 나위도 없습니다. 사냥이나 주 대항 크리
켓 시합, 육군 장교 명부 등에 관심을 보이는 일을 사교를 위한 필수
사항으로 여기는 가문이나 모임이 있는 것처럼, 공인된 문학 작품, 특
히 새로 나온 놀라운 작품들 및 금지되었거나 다른 식으로 논쟁의
주제가 된 작품들을 거론해야 하고 그러기 위해 가끔 그런 작품들
을 읽어야 한다고 생각하는 가문이나 모임도 있습니다. 그 안에 있
으면서 그렇게 하지 않으려면 대단한 독립심이 필요하지요. 이런 부
류의 '소수의 통속적 사람들'은 한 가지 측면에서 '다수의 통속적 사
람들'과 똑같이 행동합니다. 그들은 전적으로 유행의 지배를 받습니
다. 그들이 조지 왕조 시대[3] 작품들을 내려놓고 엘리엇 씨에게 감탄
하기 시작하거나 홉킨스를 발견하는 일은 정확한 순간에 이루어집니
다. 그들은 헌정사가 For가 아닌 To[4]로 시작하는 책을 좋아하지 않
을 것입니다. 하지만 이들 사이에서 유일하고 진실한 문학적 경험은
아래층에서 이런 일들을 벌이는 동안 이층의 침실에서 한 어린 소년

1) Gigadibs. 로버트 브라우닝의 시 〈블로그램 주교의 변명〉에 등장하는 문학 애호가의 이름.
2) Dryasdust. '무미건조한 사람'이라는 뜻. 월터 스콧 경이 소설 《아이반호》에 등장시킨 가상의
   장황하고 꼼꼼한 문학계 권위자의 이름.
3) 영국 George 1~4세 치세 때인 1714~1830년.
4) '~에게' 헌정한다고 할 때 to를 쓰는데, 좀더 친밀한 개인에게 책을 선사할 때 쓰는 표현인 for
   를 쓰는 것이 당시 유행한 듯하다.

이 이불을 뒤집어쓴 채 손전등 불빛 아래로《보물섬》을 보는 것일 수도 있습니다.

문화 애호가는 출세주의자보다 훨씬 고귀한 사람입니다. 그는 미술관과 연주홀을 찾듯 책을 읽습니다. 사람들에게 인정받기 위해서가 아니라 자기 향상을 위해, 잠재력을 개발하기 위해, 좀더 온전한 사람이 되기 위해 책을 읽습니다. 그는 진실하고 겸손한 사람일 것입니다. 순순히 유행을 따르지 않고, 모든 시대 모든 민족의 '저명한 작가들', '이제껏 세상 사람들이 생각하고 말한 최고의 것'만 고수할 가능성이 높습니다. 그는 다른 종류의 책을 읽어 보는 실험 따위는 거의 하지 않으며, 좋아하는 작품도 많지 않습니다. 하지만 이 고귀한 사람은 제가 관심을 갖는 의미에서는 문학의 진정한 애호가와 전혀 관련이 없을 수도 있습니다. 오히려 문학과는 아주 거리가 멀 수도 있습니다. 매일 아침 아령으로 운동하는 사람이 운동 경기 애호가와 거리가 멀 수 있는 것처럼 말이지요. 경기를 하는 것은 일반적으로 사람의 몸을 완벽하게 관리하는 데 도움이 되지만, 그것이 경기를 하는 유일한 이유 또는 주된 이유라면 그것은 더 이상 경기라고 할 수 없습니다. 경기가 아니라 '운동'이지요.

경기를 좋아하는 사람이 (과식을 좋아하는 사람의 경우도) 그런 자신의 취향을 대체로 우선적으로 고려하는 것은 의학적 동기에 따른 대단히 적절한 행동일 수 있습니다. 좋은 문학 작품을 읽는 일과 쓰레기 같은 책으로 시간 죽이는 일 모두를 좋아하는 사람이 문화적인 이유로 좋은 문학 작품에 우선순위를 부여하는 것 또한 합당한 일일 수 있습니다. 이 두 경우 모두, 우리에게 취향이라는 것이 존재함을 전제하고 있습니다. 첫 번째 사람이 훌륭한 점심식사 대신 축구를 선택하는 이유는 점심식사도 좋아하지만 축구경기야말로 그가 정말 즐기는 일이기 때문입니다. 두 번째 사람이 버로스E. R. Burroughs 대신 라신[5]을 찾는 것은 《타잔》도 좋아하지만 《앙드로마크_Andromaque_》가 그에게 정말 매력적이기 때문입니다. 그러나 건강 증진의 동기만으로 특정한 경기에 참여하거나 자기 발전의 욕망만으로 비극 작품을 가까이하는 것은 경기를 즐기는 일도, 비극 작품을 공감하는 일도 아닙니다. 두 가지 태도 모두 자기 자신에게 궁극적 관심을 둡니다. 경기에 참여하거나 책을 읽는 것 그 자체가 목적이 되어야 하는데 수단으로 전락합니다. 축구를 할 때는 '건강'이 아니라 득점을 생각해야 합니다. 책을 읽을 때는 인간이라는 체스판 위에서 '알렉산더격 시행 [6]에 아름답게 새겨진 열정들'이 벌이는 정신의 체스*에 몰두해야 마땅합니다. 그렇게 몰두한다면, '교양' 같은 침울한 추상에 내어줄 시간이 어디 있겠습니까?

이런 수고스러운 종류의 오독은 우리 시대에 특히나 널리 퍼져

---

5) Jean Baptiste Racine, 1639~1699. 프랑스의 작가.
6) Alexandrine. 12음절로 이루어진 영웅시체.
* 라신의 특징을 이런 식으로 규정하는 것은 오웬 바필드Owen Barfield에게 배웠습니다.

있는 것 같습니다. 영문학을 중고등학교와 대학교에서 배우는 한 '과목'으로 만든 데 따른 안타까운 결과로, 위대한 작가들의 작품을 읽는 것이 양심적이고 순종적인 젊은이들의 마음에 어릴 때부터 칭찬받을 만한 일로 각인이 되었습니다. 그런데 그 젊은이가 청교도들을 선조로 둔 불가지론자라면, 그의 마음에는 대단히 안타까운 정신 상태가 생겨나게 됩니다. 청교도 신학도 없이 청교도적 양심이 작용하는 것이지요. 아무것도 갈지 않는 맷돌처럼, 빈속에 나와서 위궤양만 일으키는 소화액처럼 말이지요. 불행한 젊은이는 선조들이 신앙생활에 적용했던 온갖 양심의 가책, 엄숙주의, 자기점검, 쾌락에 대한 불신을 문학 작품에 적용하고, 얼마 안 가서 선조들과 똑같이 온갖 편협함과 자기 의에 빠지게 됩니다. 좋은 시를 제대로 읽는 것에는 참된 치료적 가치가 있다는 리처즈I. A. Richards 박사의 주장을 보면 그가 바로 이런 입장에 있음을 알 수 있습니다. 뮤즈들이 에우메니데스7)의 역할을 맡습니다. 한 젊은 여성은 저의 친구에게 여성잡지를 읽고 싶은 불경건한 욕망이 끈질기게 자신을 '유혹'한다고 더없는 참회의 태도로 고백했습니다.

　이런 문학적 청교도들의 존재 때문에 저는 올바른 독자들과 올바른 독서에다 serious라는 단어를 쓸 수가 없었습니다. 처음에는

---

7) 그리스 신화에 나오는 복수의 여신들. 온갖 죄를 처벌하지만 특히 근친살해를 벌한다.

이 단어가 우리가 원하는 단어처럼 보입니다. 하지만 serious는 그 의미가 심각하게 불분명합니다. 한편으로 이 단어는 '심각한', '근엄한'의 의미로 쓰일 수도 있고, 다른 한편으로는 '철저한, 전심을 다한, 열정적인' 같은 의미로 쓰일 수도 있습니다. 우리가 "스미스는 serious man(심각한 사람)이야"라고 말할 때는 그가 즐거움과 전혀 상관이 없는 사람이라는 뜻이고, "윌슨은 serious student(진지한 학생)이야"라고 할 때는 그가 열심히 공부한다는 의미입니다. 따라서 심각한 사람이 진지한 학생은커녕 공부를 취미로 하는 사람, 가벼운 마음으로 하는 사람일 수 있고, 진지한 학생이 머큐시오[8]처럼 장난기 많은 사람일 수도 있게 됩니다. 똑같은 일을 어떤 의미에서는 진지하게seriously, 다른 의미에서는 그렇지 않게 할 수 있습니다. 건강을 위해 축구를 하는 사람은 심각한 사람serious man입니다. 그러나 진짜 축구선수는 그를 진지한 선수serious player라고 부르지 않을 것입니다. 그는 축구 경기에 전심을 다하지 않습니다. 축구 경기에 정말로 관심이 있지는 않습니다. 사람으로서 그의 심각함seriousness에는 축구할 때의 경박함이 들어 있습니다. 그는 '재미로 축구를 할'뿐이고, 경기하는 체할 뿐입니다. 그런데 참된 독서가는 전심을 다해서 읽고, 최대한 수용적인 자세를 취한다는 의미에서 모든 작품을 진지하게

---

8) 《로미오와 줄리엣》의 주인공 로미오의 친구.

seriously 읽습니다. 그러나 바로 그렇기 때문에, 그가 모든 작품을 엄숙하게 또는 심각하게 읽는 것은 불가능합니다. 그는 "저자와 동일한 마음으로" 읽을 것이기 때문입니다. 저자가 가벼운 의도로 쓴 것은 그도 가볍게 받아들일 것입니다. 심각하게 쓴 것은 심각하게 읽겠지요. 그가 초서의 음담패설fabliaux을 읽을 때는 "라블레[9]의 안락의자에서 포복절도"할 것이고, 〈머리타래의 겁탈〉[10]을 읽을 때는 절묘한 경박함으로 반응할 것입니다. 그는 가벼운 작품은 가볍게, 비극은 비극으로 즐길 것입니다. 휘핑크림을 사슴고기처럼 씹어 먹으려는 잘못은 결코 저지르지 않을 것입니다.

여기가 바로 문학적 청교도들이 더없이 통탄할 만큼 실패할 수 있는 부분입니다. 그들은 너무 심각한 사람들인지라 독자로서 진지하게 수용적인 태도를 갖추지 못합니다. 저는 한 학부생이 제인 오스틴의 작품에 대해 쓴 과제물을 읽는 것을 들었는데, 제가 제인 오스틴의 작품을 읽지 않았다면 그녀의 소설에 희극적인 부분이 있는 줄 전혀 몰랐을 것입니다. 한번은 제가 강연을 마치고 난 뒤에, 한 청년이 케임브리지의 골목길 밀 레인Mill Lane에서부터 제가 재직하는 모들

---

9) François Rabelais, 1494~1553. 《돈키호테》와 더불어 풍자문학의 백미로 불리는 《가르강튀아/팡타그뤼엘Gargantua/Pantagruel》의 저자.
10) The Rape of the Lock. 알렉산더 포프의 모방 서사시. 어느 귀족 청년이 다른 귀족 가문 아가씨의 머리카락을 자르는 소동을 영웅 서사시로 표현한 작품. 소재의 왜소함에 걸맞지 않는 거창한 형식이 독자의 웃음을 자아낸다.

린 칼리지까지 저를 좇아오며 항의한 적도 있었습니다. 〈방앗간 주인의 이야기〉[11]가 사람들을 웃기려고 쓴 이야기라는 교수님의 저속하고 불경한 해석에 마음이 너무 상해 괴롭고 경악스럽다는 이유였습니다. 《십이야+二夜》[12]를 개인과 인간의 관계에 대한 통찰력 있는 연구서로 본다고 말하는 사람도 만난 적이 있습니다. 우리는 지금 잉글랜드의 셰리주 파티에 참석해 칭찬은 다 사랑의 고백으로, 농담은 다 모욕으로 받아들이는 스코틀랜드 어느 목사의 열아홉 살짜리 아들 같은, 짐승처럼 근엄한 ("미소는 이성理性에서 흘러나온다") 젊은이들을 길러내고 있습니다. 그들은 근엄하지만 진지한 독자는 아닙니다. 그들은 자기 앞에 놓인 저작들에 선입견 없이 공정하고 당당하게 마음을 열어 놓지 않습니다.

문학적 소수와 다수의 특성을 잡아 보려던 지금까지의 모든 시도가 실패했습니다. 그렇다면 문학적 '소수'를 성숙한 독자라고 규정할 수 있을까요? 이 형용사에는 분명 어느 정도의 진실이 담겨 있을 것입니다. 책에 대한 반응의 탁월성은 다른 많은 경우와 마찬가지로 경험과 훈련 없이는 얻을 수 없고, 따라서 아주 어린 사람들은 이 특성을 소유하기가 힘들 것입니다. 그러나 진실의 어떤 부분은 여전히

---

11) The Miller's Tale. 제프리 초서의 《캔터베리 이야기》에 있는 두 번째 이야기. 하숙생이 노아의 홍수가 다시 일어난다고 집주인을 속이고 그의 젊은 아내와 몰래 사랑을 나누는 내용이다.
12) *Twelfth Night*. 셰익스피어의 희극.

잡히지 않습니다. 만약 문학을 다수의 경우처럼 대하는 것이 모든 사람의 자연스러운 출발점이라고 말한다면, 또 일반 심리학적으로 볼 때 성숙해지는 데 성공하는 모든 사람이 소수의 경우처럼 책을 읽는 법을 배울 거라고 말한다면, 저는 그 말이 틀렸다고 생각합니다. 저는 두 종류의 독자들이 육아실에서 이미 조짐을 보인다고 생각합니다. 아이들은 글을 읽을 수 있기 전에도, 문학이 읽을거리가 아니라 듣는 이야기로 다가올 때도, 문학에 각기 다르게 반응하지 않습니까? 그들이 스스로 책을 읽을 수 있게 될 무렵에는 두 집단이 이미 갈라져 있습니다. 다른 할 일이 없을 때만 책을 읽고, '무슨 일이 일어났는지 파악하기 위해서' 이야기를 게걸스럽게 먹어치우고, 읽은 책을 다시 찾는 일은 좀처럼 없는 사람들이 있는가 하면, 책을 읽고 또 읽으며 깊은 감동을 받는 사람들이 있습니다.

제가 이미 말했다시피, 두 부류의 독자들을 특징 지으려는 이 모든 시도는 성급한 것입니다. 제가 그런 시도들을 언급한 것은 이제 그것을 치워 버리기 위해서입니다. 우리는 소수와 다수의 태도 속으로 직접 들어가려고 시도해야 합니다. 이것은 대부분의 사람들에게 가능한 일일 것입니다. 우리 대부분은 예술의 한 분야에 있어서는 다수에서 소수로 넘어간 경험이 있기 때문입니다. 우리는 다수의 경험에 대해 관찰을 통해서만이 아니라 내부자로서 겪어 봐서 어느 정도 압니다.

IIII

소수와 다수가
그림과 음악을 대하는 방식

저는 볼 만한 좋은 그림이 없는 곳에서 자랐기에 어린 시절 데생 작가나 화가의 작품을 접할 기회라곤 책의 삽화를 보는 것이 전부였습니다. 베아트릭스 포터Beatrix Potter의 《피터 래빗 이야기》에 나오는 삽화는 제 유년기의 큰 기쁨이었고, 아서 래컴Arthur Rackham이 《니벨룽의 반지》에 그린 삽화는 학창시절의 제게 큰 즐거움을 주었습니다. 저는 이 책들을 지금도 보관하고 있습니다. 지금 제가 그 삽화들을 들쳐보면서 '내가 어떻게 이런 시원찮은 그림을 즐길 수 있었지?' 하고 혼잣말을 하는 일은 없습니다. 제가 깜짝 놀라는 사실은 작품의 질이 천차만별인 삽화들을 제가 전혀 가리지 않았다는 사실입니다. 지금 베아트릭스 포터의 삽화를 보면 재치 있고 색상이 괜찮은 것들도 있지만 흉하고 구성이 엉망인데다 피상적인 것들도 뚜렷이 눈에 들어옵니다.(그녀의 글에 담긴 고전적 간결함과 완결성은 훨씬 고른 수준을 유지합니다.) 래컴의 삽화를 지금 보면 하늘, 나무, 괴물의 모습은 감탄스럽지만 인간들의 모습은 대부분 마네킹 같습니다. 저는 어째서 이 사실을 한 번도 눈여겨보지 못했을까요? 저는 이 질문에 답할 수 있을 만큼 그때 일을 정확히 기억하고 있습니다.

　베아트릭스 포터의 삽화들을 좋아하던 시절 저는 사람처럼 말하고 행동하는 동물들에게 대부분의 아이들보다 훨씬 더 많이 매료된 상태였고, 래컴의 삽화를 좋아할 당시에는 북구 신화가 주된 관심사였습니다. 그러니까 두 화가의 삽화는 제가 좋아하고 관심 갖는 것들을 보여 주었기 때문에 제게 매력이 있었던 것입니다. 그것들은 대체물이었습니다. (포터의 삽화를 좋아하던 때) 제가 인간처럼 말하고 행동하는 동물들을 실제로 볼 수 있었거나 (래컴의 삽화를 좋아하던 시절) 발키리를 실제로 볼 수 있었더라면, 그쪽이 훨씬 더 마음에 들었을 것입니다. 제가 어떤 풍경화를 좋아한 것도 이와 마찬가지 이유 때문이었습니다. 그 그림은 제가 실제로 거닐고 싶어 할 만한 시골 풍경을 보여 주었던 것입니다. 이후에도 저는 한 여자를 그린 그림을 보고 감탄한 적이 있는데, 실제로 곁에 있다면 제가 매력을 느꼈을 여자가 그 그림에 나왔기 때문이었습니다.

　이런 경험의 결과로 저는 제 앞에 실제로 있는 예술 작품에 제대로 관심을 기울이지 않았다는 것을 알게 되었습니다. 제 앞의 그림이 무엇에 '대한' 것인지는 대단히 중요했지만, 그 그림의 수준이 어떠한지는 관심 밖이었습니다. 그림은 제게 거의 상형문자와 같았습니다. 그림이 묘사하는 여러 대상을 향해 저의 감정과 상상력이 발동하게 하는 것으로 그림은 제 역할을 다한 것이었습니다. 그림을 오랫동안 자세히 들여다보는 일은 필요하지 않았습니다. 그렇게 했다면 오히려 감정과 상상력의 활동에 방해가 되었을 것입니다.

모든 증거를 고려할 때 대다수의 사람들은 그림에 대한 어릴 적 제 경험과 같은 상태에서 결코 벗어나지 못한다는 생각을 하게 됩니다.

복제해서 널리 인기를 끄는 그림들은 거의 대부분 현실 속에서 어떤 식으로건 기쁨을 주거나 흥미를 유발하거나 흥분이나 감동을 안겨 주는 요소들을 담고 있습니다. 〈글레노키의 제왕〉,[1] 〈늙은 양치기의 상주〉,[2] 〈비누거품〉,[3] 사냥과 전투 장면, 임종과 디너파티, 아이들, 개, 고양이, 새끼 고양이, 감상을 불러일으키는 수심에 잠긴 젊은 여인들(옷을 걸친), 욕망을 불러일으키는 쾌활한 젊은 여인들(옷을 거의 안 걸친).

그런 그림들을 구입하는 사람들이 말하는 그림의 장점은 모두 같은 부류입니다. "저렇게 사랑스러운 얼굴은 처음이에요." "탁자에 놓인 노인의 성경책을 봐요." "다들 귀 기울여 듣는 것이 보이나요?" "정말 아름다운 낡은 집이에요!" 그림의 이야기적 특성이라 부를 만

---

1) The Monarch of the Glen. 영국의 동물화가 에드윈 랜시어 경(Sir Edwin Landseer, 1802~1873)이 그린 우아한 수사슴 그림.
2) The Old Shepherd's Chief Mourner. 주인의 관에 얼굴을 괴고 있는 개의 모습을 담은 그림. 에드윈 랜시어 작품.
3) Bubbles. 어린 남자아이가 자기가 불어서 만든 비누거품을 바라보는 그림. 존 에버렛 밀레이 경(Sir John Everett Millais, 1829~1896) 작품.

한 것에 강조점이 있습니다. 선이나 색깔 (그 자체) 또는 구도에 대한 언급은 거의 없습니다. 화가의 기술이 가끔 언급이 되기는 합니다("포도주 잔에 촛불이 비치는 효과를 만들어 낸 것을 보세요"). 그러나 감탄의 대상이 되는 것은 그림이 얼마나 진짜 같은가—눈속임 기법[4]에 가까울 정도로—, 그리고 그렇게 그리기가 얼마나 어려웠을까, 하는 점입니다. 실제로 어려웠든 그렇게 보일 뿐이든 말이지요.

그러나 이 모든 언급과 그림에 대한 거의 모든 관심은 그림을 구입한 뒤 얼마 안 가서 사라집니다. 그림은 소유자에게 곧 죽은 것이 됩니다. 다수의 독자들에게 한 번 읽힌 소설의 처지와 비슷해지는 것이지요. 이미 사용되었고 제 할 일을 다 했습니다.

한때 저도 마찬가지였던 그림에 대한 이런 태도는 그림의 '사용'이라고 정의할 수 있을 것 같습니다. 이런 태도를 견지하는 동안에는, 그림—또는 그 그림에서 즉시 무의식적으로 선택한 어떤 요소들—을 나름의 상상력을 발휘하거나 감정을 느끼게 해줄 자동 기계로 대하는 꼴입니다. 다시 말해, '그것을 가지고 뭔가를 하는' 것이지요. 그림이 총체적으로 정확히 그 그림으로 존재함으로써 그것을 보는 사람에게 할 수 있는 일이 있는데, 거기에 자신을 열어 놓지 않습니다.

이런 식으로 그림을 대하는 것은 다른 두 부류의 표상물, 즉 이

---

4) *trompe-l'œil*. 세밀한 묘사로 실제의 것을 보는 듯한 착각을 주는 기법.

오독誤讀

콘ikon과 장난감을 대할 때 더없이 합당한 방식입니다.(여기서의 '이콘' 이란 단어는 동방교회에서 제시하는 것과 같은 엄격한 의미가 아닙니다. 이차원 의 물건이건 삼차원의 물건이건, 경건의 보조 기구로 사용되는 일체의 표상물을 뜻하는 것입니다.)

특정한 장난감이나 이콘이 그 자체로 예술 작품일 수는 있습니다만, 논리적인 의미에서 볼 때 그것은 우연일 뿐입니다. 장난감이나 이콘이 예술적으로 뛰어나다고 해서 더 좋은 장난감이나 이콘이 되는 것은 아닙니다. 오히려 정반대가 되기 십상입니다. 장난감이나 이콘의 존재 목적은 그 자체에 관심을 갖게 하는 것이 아니라 아이나 예배자 안에서 어떤 움직임이 일어나도록 자극하고 활성화시키는 데 있습니다. 곰 인형의 존재 목적은 아이가 인형에게 가상의 생명과 성격을 부여하고 그것과 준사회적 관계를 맺게 하는 것입니다. 그것이 "곰 인형을 가지고 논다"는 말의 의미입니다. 이 활동이 성공적으로 이루어질수록, 곰 인형의 실제 모양은 중요하지 않을 것입니다. 곰 인형의 한결같고 무표정한 얼굴에 너무 자세히, 너무 오랫동안 관심을 기울이면 오히려 놀이에 방해가 될 뿐입니다. 십자고상의 존재 목적은 예배자의 생각과 애정이 그리스도의 수난을 향하게 하는 것입니다. 십자고상 자체에 관심을 집중하게 만드는 탁월함이나 절묘함, 독창성 같은 것은 아예 없는 편이 낫습니다. 그래서 경건한 사람들은 가장 조악하고 보잘것없는 이콘을 선호합니다. 그 목적에 합당한 선택이지요. 보잘것없을수록 투과성이 높습니다. 그들은 말하자면, 물질적 이미지를 통과하여 그 너머로 가고 싶은 것이니까요. 같은 이유로, 아이의 사랑을 받는 장난감은 흔히 가장 비싸고 가장 실물 같은 것과는 거리가 멉니다.

만약 이것이 다수가 그림을 이용하는 방식과 같다면, 그 방식이 언제나 반드시 저속하고 어리석다는 거만한 생각을 버려야 합니다. 그럴 수도 있고 아닐 수도 있으니까요. 다수의 사람들이 그림을 이용하여 펼치는 주관적 활동들은 그 수준이 매우 다양합니다. 어떤 관객에게는 틴토레토[5]의 〈미美의 세 여신〉은 음란한 상상을 돕는 도구에 불과할 수 있습니다. 이 경우 그는 그 그림을 포르노물로 사용한 것이 됩니다. 그러나 다른 관객에게 그 그림은 그리스 신화에 대한 사색(그 자체로 가치 있는 일이지요)의 출발점이 될 수 있습니다. 그 그림이 다른 방식으로 그 자체만큼이나 훌륭한 예술 작품을 낳는 상황도 생각해 볼 수 있습니다. 키츠가 그리스 항아리[6]를 보았을 때 그런 일이 벌어졌는지도 모릅니다. 만약 그렇다면 키츠는 그 항아리를 감탄할 만하게 사용한 것입니다. 그러나 자기 나름의 방식으로 감탄할 만한 것이지, 도자기 공예에 대한 감상으로서 감탄할 만한 것은 아닙니

---

5) Tintoretto, 1519~1594. 이탈리아 베네치아화파 화가. 본명 야코포 로부스티(Jacopo Robusti).
6) 영국의 낭만주의 시인 존 키츠의 시 〈그리스 항아리에 부치는 송가Ode on a Grecian Urn〉를 두고 말하는 것.

다. 그에 대응하는 그림의 용도는 이 외에도 매우 다양하고, 그 중에 좋게 평가할 만한 것은 매우 많습니다. 그 모든 경우에 대해 예외 없이 부정적으로 말할 수 있는 사실은 하나뿐입니다. 본질적으로 그림에 대한 감상이 아니라는 것이지요.

진짜 감상은 정반대의 과정으로 이루어져야 합니다. 자신의 주관성을 그림에 쏟아내고 그 그림을 주관성의 수단으로 삼아서는 안 됩니다. 우리 자신의 선입견이나 관심사, 연상되는 바는 최대한 제쳐놓아야 합니다. 우리는 마르스와 비너스, 그리스도의 십자가에 대한 각자의 생각을 비워 냄으로써 보티첼리의 〈마르스와 비너스〉나 치마부에[7]의 〈십자가 처형〉에 자리를 내어주어야 합니다. 이렇게 자신을 부정하는 노력이 있은 다음에 적극적 태도가 이어져야 합니다. 우리의 눈을 사용하는 것이지요. 바라보되 정확히 거기 있는 것이 보일 때까지 계속 바라보아야 합니다. 우리가 그림 앞에 앉는 것은 그 그림으로 무엇인가 하기 위해서가 아니라 그림이 우리에게 하는 일을 받아들이기 위해서입니다. 모든 예술 작품이 우리에게 요구하는 첫 번째 사항은 항복하라는 것입니다. 보라. 귀 기울여라. 받으라. 작품의 길을 막지 말라.(눈앞의 작품이 항복할 만한 가치가 있는지 먼저 물어봤자 소용이 없습니다. 항복하기 전에는 그 사실을 알아낼 도리가 없으니까요.)

7) Cimabue, 1240?~1302?. 이탈리아의 피렌체화파의 시조.

마르스와 비너스에 대한 우리 자신의 '관념'만 비워 내서는 안 됩니다. 그러면 보티첼리의 '관념'만 들어설 자리가 생길 뿐입니다. 그렇게 되면 우리는 보티첼리의 작품에서 그가 시인 호메로스와 공유한 요소들만 수용하게 될 것입니다. 그러나 그는 결국 화가이지 시인이 아니기 때문에, 이것은 부적절합니다. 우리가 수용해야 할 것은 그가 다름 아닌 회화로 만들어 낸 창조물입니다. 여러 양감, 색상, 선이 어우러져 캔버스 전체의 복합적인 조화를 이루어 내는 그 무엇 말이지요.

이 구분을 가장 잘 표현하는 방법은 다수는 예술을 '사용'하고 소수는 예술을 '수용'한다고 말하는 것입니다. 여기서 다수는 들어야 할 시점에 말하고 받아야 할 시점에 주겠다는 사람처럼 행동합니다. 이 말은 올바른 관람객은 수동적이라는 의미가 아닙니다. 그의 활동도 상상력을 발휘하는 활동이지만 순종적이라는 차이가 있습니다. 그는 자신이 받은 명령을 제대로 알아들었는지 확인하기 때문에 처음에는 수동적으로 보입니다. 그러나 명령의 내용을 온전히 파악하고 명령을 따를 가치가 없다는, 즉 눈앞의 그림이 시원찮다는 판단이 들면 그는 미련 없이 돌아섭니다.

틴토레토의 〈미의 세 여신〉을 포르노물로 사용하는 사람의 사례를 볼 때, 좋은 예술 작품이 잘못된 방식으로 쓰일 수 있다는 것은 분명합니다. 그러나 그 작품은 나쁜 작품만큼 쉽사리 그런 대우에 굴복하지 않을 것입니다. 그런 사람은 도덕적·문화적으로 체면 차릴

오독誤讀

일만 없다면, 틴토레토의 작품에서 키르히너[8]의 그림이나 다른 사진으로 기꺼이 넘어갈 것입니다. 그런 그림이나 사진은 그의 관심사와 무관한 내용이 더 적게 들어 있습니다. 중요한 부분이 많고 불필요한 장식은 적지요.

그러나 제가 볼 때 그 반대 상황은 불가능합니다. 소수가 좋은 그림을 대하는 방식으로 나쁜 그림을 보면서 온전하고 훈련된 '수용'의 대상으로 향유할 수는 없습니다. 저는 최근에 이 사실을 확실히 깨닫게 되었습니다. 광고판 옆 정류장에서 버스를 기다리다가 남녀 한 쌍이 선술집에서 맥주를 마시는 그림이 담긴 포스터를 일분 남짓 뚫어져라 쳐다보게 되었지요. 그런데 그 포스터는 좋은 작품처럼 대우받는 것을 감당하지 못했습니다. 첫눈에는 그림에 여러 장점이 있는 것처럼 보였지만, 그림 자체에 주목하자 바로 그 장점들이 줄어들었습니다. 남녀의 미소는 밀랍인형의 억지웃음이 되었습니다. 그림의 색상이 참아 줄 만한 정도로 사실적이기는 했지만, 결코 보기 좋지는 않았습니다. 구도에는 제 눈을 만족시킬 만한 것이 없었습니다. 포스터 전체가 무엇'에 대한' 것이기는 했지만 기분 좋은 물건은 아니었습니다. 그리고 제대로 검토의 대상이 되면 모든 나쁜 그림에 이런 일이 벌어진다고 저는 생각합니다.

8) Ernst Ludwig Kirchner, 1880~1938.

그렇다면, 다수가 "나쁜 그림을 향유한다"고 말하는 것은 부정확한 표현입니다. 그들은 나쁜 그림들이 암시하는 관념을 향유합니다. 사실 그들은 그 그림들을 있는 그대로 보지 않습니다. 있는 그대로 봤다면 그 그림들과 같이 살 수 없었을 것입니다. 어떤 의미에서 나쁜 작품은 누구도 향유하지 않고 향유할 수도 없다고 할 수 있습니다. 사람들이 나쁜 그림을 좋아하지 않는 이유는 그 안의 얼굴들이 인형 같다거나 움직이는 물체를 그린 선에 진정한 움직임이 없고 전체 디자인에 활기와 우아함이 없기 '때문'이 아닙니다. 이런 결점들은 사람들의 눈에 아예 보이지도 않습니다. 마음이 따스하고 상상력이 뛰어난 아이가 곰 인형을 갖고 노는 놀이에 푹 빠졌을 때 인형의 실제 얼굴이 보이지 않는 것과 같습니다. 곰 인형의 눈이 구슬에 불과하다는 사실은 아이의 눈에 들어오지 않습니다.

예술에서 나쁜 취향이라는 것이 나쁨 자체에 대한 취향을 뜻한다면, 저는 그런 것이 존재한다는 확신이 들지 않습니다. 그런 것이 존재한다고 생각하는 이유는, 대중적 그림을 향유하는 모든 방식에 '감상적'이라는 형용사를 통째로 갖다 붙이기 때문입니다. 이 말을 대중적 그림 향유의 본질이 '감정'이라 불릴 만한 것의 활동이라는 뜻으로 이해한다면, (더 나은 단어를 찾을 수 있을 거라고 생각하긴 하지만) 크게 틀리지 않았다고 봅니다. 하지만 이런 활동들이 모두 감상적이고, 뒤떨어지고, 불합리하고, 대체로 평판이 나쁘다는 뜻으로 '감상적'이라는 형용사를 쓴다면, 그것은 우리가 알고 있는 바를 넘어서는 것입니다. [〈늙은 양치기의 상주〉 그림을 보고] 홀로였던 늙은 양치기의 죽음과 그가 기르던 개의 충성을 생각하며 감동을 받는 것은 지금 다루는 주제와 상관없이 그 자체로 보더라도 전혀 열등한 일이 아닙니다. 이런 식으로 그림을 향유하는 것에 반대하는 진정한 이유는, 이렇게 해서는 자신을 결코 넘어설 수 없기 때문입니다. 이렇게 사용되는 그림은 우리 안에 이미 존재하던 것만 불러낼 수 있습니다. 우리는 그 한계를 넘어 회화 자체가 세상에 더해 준 새로운 영역 안으로 들어서지 못합니다. "여기서 내가 발견하는 것은 지겹도록 늘 나 자신뿐Zum Eckel Find' ich immer nur mich"인 것이지요.

음악 분야에서 저는 우리 대부분이, 어쩌면 거의 전부가 다수의 줄에서 삶을 시작했다고 생각합니다. 모든 작품의 모든 공연에서 우리는 전적으로 '곡조'에만, 작품의 전체 소리 중 휘파람이나 허밍으로 나타낼 수 있는 부분에만 귀를 기울였습니다. 그리고 일단 곡조를 파악하면, 다른 모든 것은 실제로 들리지 않게 되었습니다. 작곡가가 곡조를 어떻게 다루었는지, 연주자들이 그것을 다시 어떻게 표현했는지 알아채지 못했습니다. 제가 생각하기로 그 곡조 자체에 대한 두 가지 반응이 있습니다.

첫째, 가장 분명하게 나타나는 사회적·유기체적 반응입니다. '같이하고' 싶은 마음이지요. 노래하고, 허밍하고, 박자에 맞춰 발을 구르고, 리듬에 맞춰 몸을 흔들고 싶습니다. 얼마나 많은 사람이 얼마나 자주 이 충동을 느끼고 거기에 따르는지, 우리 모두 너무나 잘 압니다.

둘째, 정서적 반응입니다. 곡조가 우리를 초대하는 것 같을 때 우리는 용감무쌍해지거나 침울해지거나 즐거워집니다. 제가 '같다'는 조심스러운 단어를 쓴 데는 이유가 있습니다. 일부 음악 순수주의자들은 특정 감정에 특정 선율이 적합하다는 느낌이 환상이라고 말하기 때문입니다. 음악적 이해가 실제로 진보하게 되면 그런 느낌은 줄어든다고 합니다. 그것은 절대 보편적인 것이 아니라는 것입니다. 단조는 영국인들 대부분의 경우처럼 동유럽에서도 중요성이 크지 않습니다. 저는 줄루족의 군가를 들었을 때, 그 소리가 너무나 동경에 차고 부드러워서 피에 굶주린 줄루족 대부대의 진군보다는 자장가가 연상되었습니다. 때로는 이런 정서적 반응은 특정한 곡의 음악 자체 못지않게 그 곡에 붙은 환상적인 제목에도 큰 영향을 받습니다.

정서적 반응이 잘 일어나면 상상으로 연결이 됩니다. 가늠할 수 없는 슬픔, 성대한 잔치, 승리한 전장에 대한 희미한 관념들이 떠오릅니다. 시간이 갈수록 우리가 진짜 즐기는 것은 바로 이것들입니다. 작곡가가 곡조를 어떻게 활용하고 연주 수준은 어떤지는 물론이고 곡조 자체조차 거의 들리지 않게 됩니다. 저는 한 가지 악기(백파이프)에 대해서 지금도 이런 상태입니다. 저는 백파이프로 부는 이 곡 저 곡을 구별하지 못하며 좋은 백파이프 연주자와 시원찮은 연주자를 구분하지도 못합니다. 모두 그냥 '파이프'이고, 모두 똑같이 저를 도취시키고 가슴이 미어지게 만들고 흥분시킵니다. 보즈웰은 모든 음악에 그렇게 반응했습니다. "나는 음악이 내게 큰 영향을 미친다고 그에게 말했다. 음악을 들으면 종종 신경이 고통스러울 만큼 뒤흔들려 마음에 처량한 실의가 찾아오고 금세라도 눈물이 쏟아질 것 같아지는가 하면 때로는 과감한 결의가 밀려와 가장 치열한 전투가 벌어지는 전장 한복판으로 달려가고 싶어진다고 했다." 그 말에 대한 존슨의 대답은 기억할 만합니다. "글쎄요, 음악이 나를 그런 바보로 만든다면 난 음악을 절대 듣지 않을 겁니다."*

앞서 우리는 대중적 그림 사용법이 그림을 있는 그대로 감상하는 것은 아니지만 그 자체로 상스럽거나 천하다고 말할 필요는 없다—물론 그런 경우가 많기는 합니다만—는 점을 상기해야 했습니다. 그러나 대중적인 음악 사용법에 대해서는 비슷한 내용을 상기할 필요가 별로 없습니다. 이런 자연스러운 반응 또는 감정적 반응을 도매금으로 비난하는 일은 있을 수 없습니다. 그런 비난은 인류 전체를 문제로 삼을 때만 가능합니다. 축제마당에서 바이올린 연주자를 둘러싸고 노래하며 춤추는 것(자연스럽고 타인과 공감하는 반응)은 분명 정상적인 일입니다. '하프 연주를 듣고 눈물을 쏟는' 것은 어리석거나 부끄러운 일이 아닙니다. 춤추고 노래하는 것도, 눈물을 쏟는 것도 음악의 문외한들만의 반응이라고 할 수 없습니다. 음악 전문가들도

---

* Boswell, *Life of Johnson*, 23 September 1777.

허밍을 하거나 휘파람을 부는 모습을 들킬 수 있습니다. 그들도, 또는 그들 중 일부도 음악의 정서적 암시에 반응합니다.

그러나 음악 전문가들은 음악이 연주되는 동안에는 허밍을 하거나 휘파람을 불지 않습니다. 우리가 좋아하는 시구를 혼자서 되뇔 때처럼, 회상할 때만 그렇게 합니다. 그리고 이런저런 대목의 직접적인 정서적 영향은 그리 중요하지 않습니다. 그들이 작품 전체의 구조를 파악하고 청각적 상상력으로 작곡가의 (감각적인 동시에 지적인) 창작물을 받아들이면, 그들은 그에 대해 강렬한 감정을 느낄 수 있습니다. 이것은 다른 종류의 대상을 향한 다른 종류의 감정입니다. 여기에는 지성이 스며들어 있습니다. 하지만 이것은 대중적 사용법보다 훨씬 감각적이고, 귀에 더욱 매여 있습니다. 그들은 실제 연주 소리에 온전히 집중합니다. 그러나 다수의 사람들은 그림의 경우처럼 음악을 들을 때도, 선별 내지 요약을 하여 자신이 사용할 수 있는 요소들은 골라내고 나머지는 무시합니다. 그림에 대한 첫 번째 요구가 "보라"이듯, 음악에 대한 첫 번째 요구는 "들으라"입니다. 작곡가는 먼저 우리가 휘파람으로 불 수 있는 '곡조'를 제시하는 것으로 시작할 수 있습니다. 그러나 문제는 그 곡조가 특별히 맘에 드는지 아닌지가 아닙니다. 기다리십시오. 주의하십시오. 그가 그 곡조를 써서 무엇을 만들어 내는지 보십시오.

하지만 음악에는 그림의 경우에서 볼 수 없었던 어려움이 있습니다. 저는 아무리 애를 써도, 단순한 어떤 선율에 대해서는 그것으

오독誤讀

로 무엇을 하건 어떻게 연주하건 상관없이 본질적으로 천박하고 불쾌하다는 느낌을 떨칠 수가 없습니다. 몇몇 대중가요와 찬송가들이 떠오릅니다. 저의 느낌이 근거가 있는 것이라면, 음악에는 적극적 의미에서의 나쁜 취향, 어떤 것이 나쁘다는 이유로 나쁨 자체를 즐기는 일이 가능하다는 결론이 따라올 것입니다. 그러나 어쩌면 이것은 저에게 음악적 소양이 부족하다는 뜻일 수도 있습니다. 또 어떤 선율이 천박하게 으스대며 걷고 싶어지게 하거나 눈물 어린 자기연민을 부르는 힘이 너무 강해서 도저히 그 선율을 중립적 양식으로 들을 수가 없어 그 곡을 잘 활용할 가능성이 사라지기도 합니다. 너무 혐오스러워서 아무리 위대한 작곡가라도 좋은 교향곡의 재료로 만들 도리가 없는 곡조(《즐거운 나의 집Home Sweet Home》도 그 정도는 아닙니다)가 존재하는지 여부에 대한 판단은 진짜 음악가에게 맡기겠습니다.

다행히 이 질문은 대답 없이도 넘어갈 수 있습니다. 일반적으로 음악과 그림의 대중적 사용 방식은 충분히 유사합니다. 둘 다 '수용하기'보다는 '사용하기'로 이루어져 있습니다. 둘 다 예술 작품이 자기 안에서 어떤 작용을 하길 기다리는 대신 그 작품을 가지고 뭔가를 하려고 성급히 달려듭니다. 그 결과 캔버스에서 실제로 볼 수 있는 것, 또는 연주에서 들을 수 있는 것의 너무나 많은 부분이 버려집니다. 제대로 '사용되'지 못해서 버려지는 것이지요. 그리고 그렇게 사용될 수 있는 요소가 작품 안에 하나도 담겨 있지 않다면—교향곡에서 기억에 남는 곡조가 없고, 그림의 소재가 다수의 사람들이 관심이 없는 것이라면—통째로 버려지게 됩니다. 두 반응 모두 그 자체로 비난받을 만한 것은 아닙니다만, 사람들은 문제의 예술을 온전히 경험하지 못하게 됩니다.

두 경우 모두, 젊은이들이 다수의 줄에서 소수의 줄로 넘어가기 시작할 때, 터무니없지만 다행히도 일시적인 오류가 발생할 수 있습니다. 음악에는 기억에 남는 곡조보다 훨씬 더 지속적인 기쁨을 주는 요소가 있다는 사실을 최근에 발견한 젊은이는, 그런 곡조가 등장하는 모든 작품을 '싸구려' 음악이라고 생각하게 될 수 있습니다. 비슷한 단계에 있는 또 다른 젊은이는 사람 마음의 통상적 감정에 손쉽게 다가오는 주제의 모든 그림을 '감상적'이라고 무시할 수 있습니다. 이것은 마치 편안함 이외에도 집이 갖추어야 할 다른 요소들이 있음을 깨달은 후에, 편안한 집은 '좋은 건축물'이 될 수 없다는 결론을 내리는 것과 같습니다.

저는 이 오류가 일시적이라고 말했습니다. 음악이나 미술을 정말 좋아하는 사람들에게 일시적으로 나타날 수 있다는 뜻입니다. 그러나 출세주의자와 문화 애호가들에게는 이 오류가 고착화될 수 있습니다.

IV

비문학적인
사람들의 독서

교향곡을 음악적으로만 감상하는 이들과, 감정과 시각 이미지처럼 들리지 않는 (따라서 비음악적인) 경험들의 출발점으로 (주로 또는 전적으로) 여기는 이들은 쉽사리 구분이 됩니다. 그러나 같은 의미에서 문학을 문학적으로만 감상하는 일은 있을 수 없습니다. 모든 문학 작품은 연속된 단어로 이루어져 있고, 말소리(또는 그 시각적 등가물)는 읽는 이의 마음을 말소리 너머로 데려가기 때문에 단어입니다. 그것이 바로 단어의 기능입니다. 음악을 듣는 사람의 정신이 그 소리를 통해 음악에서 벗어나 들리지 않고 비음악적인 어떤 것으로 들어가는 것이 음악을 대하는 잘못된 방식일 수도 있겠습니다. 그러나 그와 유사하게 글을 통해 글을 넘어서서 비언어적이고 비문학적인 어떤 것으로 들어가는 일이 잘못된 읽기 방식은 아닙니다. 그저 읽기일 뿐이지요. 그렇지 않다면 우리 눈이 우리가 모르는 언어로 된 책의 페이지들을 누비는 것을 두고 읽기라고 말해야 할 테고, 프랑스어를 배우지 않고도 프랑스 시인들의 시를 읽을 수 있어야 할 것입니다. 교향곡의 첫 음은 오로지 그 자체에만 귀를 기울일 것을 요구합니다. 그러나 《일리아스》의 첫 단어는 우리의 마음을 분노로 향하도록 합니다. 그 시와 문학의 영역 너머에서도 우리가 익히 알고 있는 주제이지요.

저는 여기서 "시는 의미해선 안 되고 존재해야 한다"고 말하는 이들과 그 말을 부정하는 이들 중 어느 쪽이 옳은지 속단하려는 것이 아닙니다. 그 시가 어떤 종류이건 간에, 그 안에 담긴 단어들이 무엇인가 의미해야 하는 것은 분명합니다. 그저 '존재할' 뿐 아무것도 "의미하지" 않는 단어는 단어가 아닐 것입니다. 이것은 심지어 무의미시Nonsense poetry에도 해당합니다. 시의 문맥 안에서 부줌[1]은 단순한 소음이 아닙니다. 거트루드 스타인Gertrude Stein의 "a rose is a rose"는 그것을 "arose is arose"라고 생각할 경우 다른 의미로 다가올 것입니다.

모든 예술 하나하나는 다른 예술과 구별되는 고유의 예술입니다. 그러므로 우리가 확보하는 모든 일반 원리는 각 예술에 특유의 방식으로 적용해야 합니다. 그다음으로 할 일은 사용과 수용의 구분이 독서에 적용되는 방식을 찾아내는 것입니다. 교향곡을 들을 때 '주요 곡조'에만 집중하고 그 곡조를 사용하는 비음악적인 사

---

1) Boojum. 루이스 캐럴의 무의미시 〈스나크 사냥〉에 나오는 단어. 빵쟁이, 변호사, 당구장 직원, 은행가, 모자쟁이, 중개상 등이 한 배에 올라 스나크를 잡으러 떠난다. 마지막에 스나크를 발견한 빵쟁이는 "부줌"이란 말과 함께 돌연히 사라진다.

람은 비문학적 독자와 어떤 유사성이 있을까요? 비문학적 독자들의 행동에 단서가 있습니다. 그들의 행동에는 다섯 가지의 특징이 있는 것 같습니다.

1. 그들은 피치 못할 사정이 없는 한, 이야기가 아닌 글은 읽지 않습니다. 그들이 픽션만 읽는다는 뜻은 아닙니다. 가장 비문학적 독자는 오로지 '뉴스'만 봅니다. 그는 본 적도 없는 곳에서 명확히 드러나지 않은 상황 가운데 알지 못하는 누군가가 역시 알지 못하는 다른 누군가와 어떻게 결혼했느니, 어떻게 그 사람을 구해 냈느니, 어떻게 그에게 강도짓을 했느니, 강간을 했느니, 살해를 했느니 하는 뉴스를 지치지 않고 매일 읽습니다. 그러나 그와 그 바로 위의 계층, 즉 가장 낮은 수준의 픽션을 읽는 사람들 사이에는 본질적인 차이가 없습니다. 그들은 모두 같은 종류의 사건에 대해 읽고 싶어 합니다. 차이가 있다면, 가장 비문학적인 사람은 셰익스피어의 몹사[2]처럼 "그 사건들이 진짜라는 확신을 얻기" 원한다는 것입니다. 그는 너무나 비문학적이어서 이야기를 지어내는 것을 적법한 활동이나 심지어 가능한 활동으로도 생각하지 못하기 때문입니다.(비평사를 보면 유럽 전체가 이 단계를 넘어가는 데 여러 세기가 걸린 것을 알 수 있습니다.)

2. 비문학적 독자들은 귀를 쓰지 않습니다. 오로지 눈으로만 읽

---

2) 《겨울이야기》에 나오는 양치기 소녀.

습니다. 가장 끔찍한 불협화음과 가장 완벽한 리듬 및 음조의 표본
이 그들에게는 정확히 똑같습니다. 이것을 보면 일부 교육 수준이 높
은 이들이 비문학적인 사람들임을 깨닫게 됩니다. 그들은 '기계화와
국유화 간의 관련성the relation between mechanization and nationalization'이라고
쓰면서도 전혀 개의치 않을 사람들입니다.

3. 비문학적 독자들은 들을 귀가 없을 뿐 아니라 다른 어떤 방
식으로도 문체를 거의 의식하지 못하거나, 못 썼다고 생각해야 마땅
한 책들을 선호하기까지 합니다. 비문학적인 열두 살 소년(열두 살 소
년이라고 다 비문학적이지는 않지요)에게 평소에 보던 해적 시리즈물Boys'
Bloods 대신에 《보물섬》을 건네거나, 최하급 공상과학 소설을 읽는 사
람에게 웰스의 《달세계 최초의 사람들First Men in the Moon》을 건네 보십
시오. 그 책들은 그들이 원하는 주제를 다루되 묘사가 제대로 이루
어지고 대화는 모종의 환상을 만들어 내며 등장인물들이 머리에 또
렷이 그려지는 등 훨씬 잘 썼다 할 만한 작품들이지요. 하지만 그들
의 반응은 대체로 실망스러울 것입니다. 그들은 그 책을 슬쩍 훑어
보다 금세 내려놓습니다. 그 책에는 그들의 흥미를 떨어뜨리는 요소
가 있는 것이지요.

4. 그들은 언어적 요소가 최소한으로 줄어든 이야기―그림으로
들려주는 '만화' 이야기나 대화가 거의 나오지 않는 영화―를 즐깁니다.

5. 그들은 빠르게 진행되는 이야기를 요구합니다. 언제나 뭔가가
'벌어져야' 합니다. 그들이 작품을 비난할 때 쓰는 가장 흔한 표현은

오독誤讀

'진행이 느리다', '장황하다' 등입니다.

이런 특징들의 공통적인 출처를 알아보기는 어렵지 않습니다. 비음악적인 사람이 음악을 들을 때 곡조만 원하듯, 비문학적 독자는 '사건'만을 원합니다. 전자는 관현악단이 실제로 내는 거의 모든 소리를 무시하고 곡조만을 허밍하고 싶어 합니다. 후자는 눈앞에서 글이 하고 있는 거의 모든 일을 무시하고 다음에 무슨 일이 벌어질 것인지만 알고 싶어 합니다.

비문학적 독자가 이야기만 읽는 이유는 그 안에서만 사건을 발견하기 때문입니다. 그는 자신이 읽는 책의 청각적 측면에 귀를 기울이지 않는데, 리듬과 음조는 누가 누구와 결혼했는지 (누구를 구해냈는지, 누구의 것을 강탈했는지, 누구를 강간하거나 살해했는지) 알아내는 데 도움이 되지 않기 때문입니다. 그는 '만화로 된' 이야기와 대사가 거의 없는 영화를 좋아합니다. 그 안에는 그와 사건 사이를 가로막는 것이 없기 때문입니다. 그리고 그는 속도를 좋아합니다. 아주 빠르게 전개되는 이야기는 전부 사건이기 때문입니다.

그가 선호하는 문체의 문제는 좀더 고려가 필요합니다. 여기서 우리는 나쁨 그 자체에 대한 선호, 나쁨이 나쁘다는 이유로 선호하는 사례를 발견한 것처럼 보입니다. 그러나 저는 그렇지 않다고 생각합니다.

한 사람이 구사하는 단어와 어구가 이루는 문체에 대한 우리의 판단은 우리 눈에 즉각적으로 이루어지는 것처럼 보입니다. 그러나 실제로 그 판단은 시차가 아무리 짧다 해도 늘 각 단어와 어구들이 우리에게 끼치는 영향에 뒤이어 나타나는 것이 틀림없습니다. 밀턴의 글에서 "체크무늬의 그늘chequered shade"을 읽을 때, 우리는 빛과 그림자가 유난히 생생하고 편안하고 유쾌하게 분포된 모습을 상상하게 됩니다. 그러므로 우리는 "체크무늬의 그늘"이 잘 쓴 구절이라는 결론을 내립니다. 결과가 수단의 탁월함을 입증합니다. 렌즈를 통해 바라본 물체가 또렷하게 보이는 것은 좋은 렌즈라는 증거입니다. [월터 스콧의 소설] 《가이 매너링Guy Mannering》*의 주인공은 하늘의 행성들이 각기 "빛의 액체 궤도"를 "굴러가는" 광경을 봅니다. 그런데 행성들이 시각적으로 굴러가는 이미지나 눈에 보이는 듯 표현한 궤도의 이미지가 너무나 터무니없기 때문에 우리는 그 이미지를 그려 볼 시도조차 하지 않습니다. 궤도orbits가 '구球, orbs'를 잘못 쓴 표현이라 해도 사정은 그리 많이 나아지지는 않습니다. 맨눈에 보이는 행성들은 구도 아니고 원반도 아니니까요. 소설의 이 구절이 우리에게 안겨 주는 것은 혼란뿐입니다. 그러므로 우리는 스콧이 글을 잘 못썼다고 말합니다. 그 렌즈를 통해서 다른 것을 볼 수 없다면 그것은 나쁜 렌즈입니다. 이와 유사하게, 문장을 하나하나 읽을 때마다 우리 내면의 귀는 만족 혹은 불만족을 느낍니다. 우리는 이 경험의 강도에 의거해

* 3장 끝 부분.

　　　　오독誤讀

작가의 리듬이 좋거나 나쁘다고 선언합니다.

우리의 판단의 근거가 되는 이 경험은 글을 진지하게 받아들일 때만 가능할 것입니다. 소리와 의미 모두에 온전히 주목하고, 글이 초청하는 대로 순순히 생각하고 상상하고 느낄 준비가 되지 않는 한, 이런 경험은 할 수 없을 것입니다. 렌즈를 통해 실제로 세상을 바라보지 않으면 그것이 좋은 렌즈인지 나쁜 렌즈인지 알아낼 수 없습니다. 한 편의 글이 아주 좋은 글인 것처럼 읽으려고 시도해 보고 그 시도가 저자에게 보낸 과분한 찬사였음을 깨닫기 전에는, 그 글이 안 좋다는 사실을 알 수가 없습니다. 그러나 비문학적 독자는 글을 읽을 때 사건을 추출하기 위한 최소한의 주의만 기울일 뿐 그 이상의 관심은 보이지 않습니다. 그는 좋은 글이 줄 수 있는 것, 나쁜 글이 주지 못하는 것들 대부분을 원하지 않고, 그에게는 쓸모도 없습니다.

이것으로 그가 좋은 글을 값지게 여기지 않는 이유를 알 수 있습니다. 그런데 그가 나쁜 글을 선호하는 이유도 알 수 있습니다. 그림으로 펼쳐지는 '만화' 이야기에서 정말 좋은 그림은 필요하지 않습니다. 오히려 방해만 될 뿐이지요. 그 책에 등장하는 사람이나 사물은 모두 보는 즉시 손쉽게 알아볼 수 있어야 하기 때문입니다. 그 그림들은 충분히 바라보라는 뜻이 아니라 진술로서 이해하라는 뜻으로 거기에 있습니다. 그 그림들은 상형문자와 그리 다르지 않습니다. 그런데 비문학적 독자에게는 글이 그 그림들과 상당히 비슷한 위치에 있습니다. 그는 모든 모습이나 감정(감정은 사건의 일부일 수 있습니다)

을 표현하는 데 있어서 진부하고 상투적인 표현이 최고라고 생각합니다. 금세 알아볼 수 있기 때문이지요. "피가 얼어붙는 것 같았다"는 표현은 두려움을 뜻하는 상형문자입니다. 위대한 작가가 감행할 법한, 이 두려움을 그 온전한 특수성에 맞게 구체적으로 제시하려는 모든 시도는 비문학적 독자에게 이중의 고문이 될 수 있습니다. 그가 원하지 않는 것을 주겠다고 제시하면서, 그가 내놓을 마음도 없는 종류와 정도의 관심을 글에 기울인다는 조건하에서만 주겠다고 말하기 때문입니다. 그에게 쓸모없는 물건을 그가 지불할 의향이 없는 가격에 팔려 드는 꼴입니다.

좋은 글은 그의 목적상 너무 빈약하거나 너무 과하여 그에게 불쾌감을 줍니다. D. H. 로렌스의 숲속 풍경이나 러스킨의 산골짜기 장면은 어찌할 바를 모를 만큼 그에게 내용이 너무 많습니다. 그는 맬러리의 다음 글도 만족하지 못할 것입니다. "그는 앞쪽의 성에 도착했다. 호화롭고 아름다운 성이었다. 성의 뒷문은 바다 쪽으로 열려 있었고 입구에 선 두 마리의 사자 외에는 지키는 사람도 없었고 달은 밝게 빛났다."* "피가 얼어붙는 것 같았다" 대신에 "끔찍하게 무서웠다"고 말하는 것 역시 그에겐 불만족스러운 표현입니다. 좋은 독자의 상상력은 최소한의 사실만 나열된 진술을 통해 종종 가장 많

* *Caxton*, XVII, 14 (Vinaver, 1014).

은 것을 떠올립니다. 그러나 비문학적 독자에게는 달이 밝게 빛난다는 것만으로는 충분하지 않습니다. 그는 그 성이 "은빛 달빛의 홍수에 잠겨" 있었다는 표현을 더 좋아할 것입니다. 그는 자신이 읽는 글에 충분히 주의를 기울이지 못하기 때문입니다. 모든 것이 강조되거나 '제대로 적혀' 있어야 합니다. 아니면 제대로 알아채지 못할 것입니다. 그런데 그가 더 원하는 것은 상형문자―예컨대 달빛(물론 책, 노래, 영화에 나오는 달빛 말입니다. 그가 책을 읽는 동안에는 현실 세계에 대한 기억이 아주 희미하게만 작동하는 것 같습니다)에 대한 전형적인 반응을 이끌어 줄 어떤 것―입니다. 그가 읽는 방식에는 이중적이고 역설적인 결함이 있는 것이지요. 그에게는 주목하고 따라가는 상상력이 없기 때문에 어떤 풍경이나 감정에 대한 온전하고 정확한 묘사를 활용할 수 없습니다. 그런가 하면, 그에게는 있는 그대로의 사실 위에 (순식간에) 뭔가를 쌓아 올릴 창의적인 상상력이 없습니다. 그래서 그는 묘사와 분석이 이루어지고 있다는 적당한 시늉을 요구합니다. 주의 깊게 읽어야 할 정도의 내용을 원하는 것이 아니라 사건이 진공 상태에서 벌어지는 것이 아니라는 느낌을 줄 정도면 충분합니다. 숲이라는 것을 느끼게 해줄 나무와 그늘과 풀에 대한 몇 가지 모호한 언급, 또는 잔치가 벌어지고 있음을 알게 해줄 샴페인을 터뜨리는 장면이나 '진수성찬'의 암시 정도면 됩니다. 이런 목적을 위해서는 상투적인 표현이 많을수록 좋습니다. 그에게 이런 대목들의 의미는 극장에 가는 대부분의 사람들에게 무대 배경이 의미하는 바와 비슷합니다. 그것에 크게 관심을 기울이지는 않겠지만, 그 자리에 없으면 당장 알아챌 것입니다. 따라서 좋은 글은 어느 식으로건 거의 언제나 비문학적 독자의 심기를 불편하게 합니다. 좋은 작가가 독자를 정원 안으로 인도할 때는 특정한 순간의 정원이 주는 특정하고 정확한 인상을 제공하거나 꼭 길 필요는 없습니다. 무엇을 선별해서 묘사하는지가 중요하지요. 그저 "정원 안, 이른 시간이었다"라고만 말합니다. 비문학적인 독자는 어느 쪽에도 만족하지 못합니다. 그들은 특정한 순간의 정확한 인상에 대한 묘사를 '부풀리기'라고 부르고 작가가 '쓸데없는 소리 그만하고 본론으로 들어가기를' 바랍니다. 그런가 하면 "정원 안, 이른 시간이었다" 같은 서술은 진공 상태로 여기고 혐오합니다. 그들의 상상력은 그 안에서 호흡할 수 없습니다.

비문학적 독자가 글에 너무 주목하지 않아서 그것들을 온전히 활용하지 못한다고 말했으니, 글에 너무 많이 주목하되 잘못된 방식으로 주목하는 또 다른 부류의 독자가 있다는 사실을 이제 지적해야겠습니다. 지금 저는 소위 '문체사냥꾼들Stylemongers'을 염두에 두고 있습니다. 이들은 책을 집어들 때 소위 책의 '문체'나 책 속의 '영어'에 집중합니다. 그들의 판단 기준은 소리나 전달력이 아니라 특정한 자의적 규칙들에 부합하는지 여부입니다. 그들의 독서는 미국 영어 어법, 프랑스어 어구Gallicism, 분리부정사, 전치사로 끝나는 문장을 찾아다니는 끝없는 마녀사냥입니다. 그들은 문제의 미국식 영어 표현이나 프랑스어 어구가 영어의 표현력을 증가시키는지 빈약하게 만드는지 고민하지 않습니다. 말에서건 글에서건 최고의 영어 사용자들이 천 년이 넘도록 전치사로 문장을 끝맺어 왔다는 사실이 그들에게는 아무 의미가 없습니다. 그들의 머릿속은 특정 단어들에 대한 자의적 혐오로 가득합니다. 어떤 것은 "그들이 언제나 싫어했던 단어"이고, 또 어떤 것은 "언제나 짜증나는 이런저런 것을 떠올리게 합니다." 어떤 단어는 너무 많이 쓰여서 문제이고, 어떤 단어는 너무 안 쓰여서 문제입니다. 그들은 문체에 대해 어떤 의견을 가질 자격이 누구보다도 없는 사람들입니다. 그들은 문체를 판단하기에 정말로 적절한 유일한 두 시험법—어느 정도의 (드라이든의 표현을 빌면) "소리를 내고 의미를 전달하는가"—를 절대 적용하지 않습니다. 그들은 도구가 그것이 만들어진 원래 목적을 얼마나 감당하는가, 라는 기준을 배제한 채 다른 기준으로 그 도구를 판단합니다. 언어를 '존재'할 뿐 '의미'하지는 않는 것으로 대하고, 렌즈를 통해 다른 것을 보는 대신 렌즈를 보고 비판합니다. 외설문학을 다루는 법은 거의 전적으로 특정 단어들을 규제하는 방식으로 작동했습니다. 책들은 그 경향 때문이 아니라 특정 어휘로 인해 금지되었으며, 누구라도 기술만 있다면—역량 있는 작가라면 그런 기술이 없겠습니까?—금지된 낱말을 쓰지 않고도 최강의 최음제를 처방할 수 있었습니다. 이유는 다르지만, 문체사냥꾼의 기준은 법조인들의 기준 못지않게 틀렸고, 그것도 같은 방식으로 틀렸습니다. 다수의 사람들이 비문학적이라면, 문체사냥꾼은 반문학적입니다. 이들 때문에 비문학적인 사람들(이들은 흔히 학교 다닐 때 문체사냥꾼 밑에서 고통 받은 경험이 있습니다)의 머릿속에 '문체'라는 단어에 대한 증오와 잘 썼다고 하는 모든 책에 대한 깊은 불신이 형성됩니다. 그리고 '문체'가 문체사냥꾼이 귀하게 여기는 바로 그것을 뜻한다면, 이런 증오와 불신은 정당할 것입니다.

앞서 말한 대로, 비음악적인 사람들은 곡에서 주요 곡조를 골라내고 그것을 이용해 허밍 또는 휘파람을 불고 감정적 상상적·몽상에 빠져듭니다. 그들이 가장 좋아하는 곡조들은 물론 그런 용도에 가장 적합합니다. 비문학적인 독자들은 이와 유사하게 '사건', 즉 '벌어진 일'을 골라냅니다. 그들이 가장 좋아하는 종류의 사건들과 그들이 그 사건들을 이용하는 방식은 이어져 있습니다. 이 사건들은 세 가지 주요 유형으로 구분할 수 있습니다.

그들은 소위 '흥분되는' 것—임박한 위험과 아슬아슬한 탈출—을 좋아합니다. (대리적) 불안을 계속해서 당겼다 풀어줬다 하는 데서 즐거움을 느낍니다. 도박꾼들을 보면 현실의 불안도 많은 사람들에게 즐거움을 주거나, 적어도 즐거움을 경험하는 데 필요한 요소 정도는 된다는 사실을 알 수 있습니다. (놀이동산의) 나선형 미끄럼틀 같은 것들의 인기는 두려움의 감각도 진짜 위험은 없다는 확신과 만나면 즐거움으로 변할 수 있음을 보여 줍니다. 더 강인한 정신의 소유자들은 즐거움을 위해 진짜 위험과 진짜 두려움을 추구합니다. 한 등반가는 제게 이렇게 말한 적이 있습니다. "살아서 내려가면 다시는 산에 오르지 않을 거라고 맹세하는 순간이 없는 등반은 재미없습니다."

비문학적 독자의 '흥분' 욕구는 하등 신비할 것이 없습니다. 우리 모두 그것을 공유합니다. 우리 모두 아슬아슬하게 승부가 갈리는 경기를 좋아합니다.

둘째, 그들은 호기심이 생겨나고 이어지고 커지다가 마침내 해소되는 전개를 좋아합니다. 그래서 미스터리가 있는 이야기들이 인기를 끌지요. 이 즐거움은 보편적인 것이고 설명이 필요하지 않습니다. 이것은 철학자, 과학자, 학자가 누리는 행복의 큰 부분입니다. 뒷담화하는 사람의 경우도 마찬가지입니다.

셋째, 그들은 즐거움이나 행복에—등장인물들을 통해 대리적으로—참여하게 해주는 이야기를 좋아합니다. 이야기의 종류는 다양합니다. 사랑 이야기일 수도 있고, 관능적이고 외설적이거나 감상적이고 교훈적인 이야기일 수도 있습니다. 성공 이야기일 수도 있습니다. 상류사회의 생활을 다룬 이야기나, 부유하고 화려한 삶을 다룬 이야기일 수도 있습니다. 그러나 이 모든 다양한 방식의 대리적 기쁨이 언제나 실제적 기쁨의 대체물이라고 생각해서는 안 됩니다. 사랑받지 못하는 수수한 여자들만 사랑 이야기를 읽는 것이 아니며, 실패자들만 성공 이야기를 읽는 것도 아닙니다.

제가 이렇게 유형을 나눈 것은 논의를 명료하게 하기 위해서입니다. 실제 책들은 대부분 셋 중 어느 한쪽에 속하지만, 전적으로 속하지는 않습니다. 흥분되는 이야기나 미스터리 이야기에도 흔히 '연애'가 나오는데, 종종 의례적으로 등장합니다. 사랑 이야기 또는 목가적

생활이나 상류층 생활을 다룬 이야기에도 사소하게나마 모종의 서
스펜스와 불안이 들어 있기 마련입니다.

분명히 해둡시다. 비문학적인 독자들이 비문학적인 이유는 이야
기들을 이런 식으로 즐겨서가 아니라 다른 식으로는 즐기지 않기 때
문입니다. 그들을 온전한 문학적 경험에서 떼어놓는 것은 그들에게
있는 것이 아니라 그들에게 없는 것입니다. 세 유형의 이야기를 즐기
느냐 마느냐가 그들과 다른 사람들을 구분하지 않습니다. 좋은 책을
읽는 좋은 독자들도 이 모든 것을 누리기 때문입니다. 우리는 오디세
우스가 숫양의 배에 매달려 있고 키클롭스[3]가 그 양의 등쪽을 더듬
는 장면에서, 페드르Phèdre와 이폴리트Hippolyte가 뜻밖에 살아 돌아온
테제에게 어떻게 반응하며[4] 베넷 가문의 수치가 엘리자베스를 향한
다아시의 사랑에 어떤 영향을 끼칠지[5] 궁금해하면서 조마조마하게
숨을 죽입니다. 《사면된 죄인의 고백》[6]의 첫 부분이나 틸니 장군[7]의
행동이 변하는 대목에서 우리의 호기심은 크게 일어납니다. 《위대한
유산The Great Expectations》에서는 주인공 핍을 후원한 미지의 인물이 누
군지 꼭 알아내고 싶어 하지요. 스펜서의 비서레인의 집[8]은 모든 연

---

3) 외눈박이 거인.
4) 프랑스 작가 장 라신의 고전 비극 《페드르》의 주요 대목.
5) 제인 오스틴의 소설 《오만과 편견》의 주요 대목.
6) *The Confessions of a Justified Sinner*. 영국 작가 제임스 호그의 1824년 소설.
7) 제인 오스틴의 소설 《노생거 사원》의 등장인물.

마다 독자의 호기심을 자극합니다. 가상의 행복을 대리적으로 즐김에 대해 말하자면, 목가시의 존재만 봐도 문학에서 그것이 괜찮은 자리를 차지하고 있음을 알 수 있습니다. 그리고 우리가 모든 이야기에 행복한 결말을 요구하지는 않지만, 행복한 결말이 적절하고 깔끔하게 이루어지면, 우리는 분명히 등장인물들의 행복을 즐기게 됩니다. 우리는 심지어 완전히 불가능한 소망이 이루어지는 상황까지 대리적으로 즐길 준비가 됩니다.《겨울 이야기》의 조각상 장면에서 독자는 바로 그런 일을 경험합니다. 고인이 된 사람들 중 우리가 너무나 잔인하고 부당하게 대했던 이들이 다시 살아나서 우리를 용서하고 "모든 것이 이전처럼" 되기를 바라는 것만큼 불가능한 소원이 어디 있겠습니까? 책을 읽을 때 대리적 행복만을 추구하는 사람들은 분명 비문학적 독자입니다만, 대리적 행복이 좋은 독서의 구성 요소가 결코 될 수 없는 것처럼 말하는 사람들은 틀렸습니다.

8)《선녀여왕House of Busirane》3권에 나온다.

V

신화에 대하여

논의를 더 진행하기에 앞서 지난 장의 내용으로 생겨났을 법한 오해 하나를 해명해야겠습니다.

다음을 비교해 보십시오.

1. 하프 연주와 노래에 뛰어난 재능이 있어 짐승과 나무들까지 연주를 들으려고 모여들던 사람이 있었다. 그는 아내가 죽자 산 채로 죽은 자들의 땅으로 내려가 망자들의 왕 앞에서 음악을 연주했고, 마침내 망자들의 왕까지도 불쌍한 마음이 들어 그에게 아내를 돌려주었다. 그러나 한 가지 조건이 있었다. 아내를 데리고 죽은 자들의 땅에서 벗어날 때 햇빛 가운데로 들어갈 때까지 절대 그녀를 돌아봐서는 안 된다는 것이었다. 그러나 그들이 거의 다 나왔을 때 남자는 너무 일찍 뒤를 돌아보았고, 그 순간 그의 아내는 영원히 사라졌다.

2. "포세이돈의 미움을 받아 십수 년간 집을 떠나 방랑해야 했던 사람이 있었다. 그 기간 동안 아내의 구혼자들이 그의 재산을 허비하고 그의 아들을 해칠 몹쓸 흉계를 꾸몄다. 그러나 그는 많은 고난을 겪은 후 집으로 돌아와 소수의 사람들에게 자신을 알리고 자기 목숨을 구하고 적들을 죽였다."(아리스토텔레스가 《시학》 1455b에서 제시

한 《오디세우스》의 줄거리이다.)

3. 제가 실제로 쓸 마음은 없지만, 분량이 《바체스터 교회》,[1] 《미들마치》,[2] 《허영의 시장》[3] 정도 되는 방대한 시놉시스를 구상해 봅시다. 아니면 이보다 '훨씬 짧은' 워즈워스의 〈마이클〉, 콩스탕의 《아돌프Adolphe》 또는 《나사의 회전》[4] 정도 분량의 줄거리를 구상해 봅시다.

1번은 당장 떠오르는 몇 단어로 적어 본 간략한 개요에 불과하지만, 감수성이 조금이라도 있는 사람이 이 자리에서 그 이야기를 처음 대한다면 강력한 인상을 받을 것이라고 저는 믿습니다. 2번은 그렇게 만족스럽게 읽히지 않습니다. 이 줄거리를 바탕으로 좋은 이야기를 쓸 수 있을 거라는 것은 알지만, 요지 자체가 좋은 이야기는 아닙니다. 제가 구상한 방대한 개요, 3번으로 말하자면 완전히 무가치할 것임을 금세 알 수 있습니다. 이 개요를 바탕으로 쓰게 될 책에 대한 진술로서 무가치할 뿐 아니라 그 자체로도 가치가 없습니다. 참을 수 없을 만큼 지루하여 읽을 수가 없을 것입니다.

그렇다면 특별한 어떤 이야기는 그 자체로 가치가 있다고 볼 수

---

1) *Barchester Towers*. 영국 소설가 앤터니 트롤럽의 소설.
2) *Middlemarch*. 조지 엘리엇의 소설.
3) *Vanity Fair*. 윌리엄 새커리의 소설.
4) Henry James, *The Turn of the Screw*, 이승은 옮김, 열린책들, 2011. 중편소설.

있습니다. 그것은 어떤 문학 작품으로 구현되어도 독립적으로 존재하는 가치입니다. 오르페우스 이야기는 그 자체로 아주 깊은 인상을 심어줍니다. 베르길리우스 및 여러 작가들이 그 이야기를 좋은 시로 들려주었다는 것은 지금의 논의와 상관이 없습니다. 오르페우스 이야기에 대해 생각하고 감동을 받는다고 해서 반드시 베르길리우스와 같은 시인들에 대해 생각하고 그들에게 감동하는 것은 아닙니다. 그런 이야기가 글이 아닌 다른 형태로 우리에게 다가오기 어렵다는 것은 사실입니다. 하지만 글이 아닌 다른 형태로 다가오는 것이 불가능하지는 않습니다. 완벽한 수준으로 만들어진 마임이나 무성영화나 연작 그림들이 말이나 글을 전혀 쓰지 않고도 그런 이야기를 분명하게 전달할 수 있다면, 그 이야기는 우리에게 여전히 영향을 끼칠 것입니다.

사건만 원하는 독자들을 위해 쓰인 극히 조악한 모험 이야기의 플롯들이 이와 마찬가지로 문학 외적 특성이 있을 거라고 생각할 수 있습니다만 사실은 그렇지 않습니다. 이야기 대신 개요를 제시하는 방식으로 비문학적 독자들을 만족시킬 수는 없습니다. 그들은 사건만을 원하지만, 사건은 '완전하게 다 적은' 상태가 아니면 그들에게 다가가지 못할 것입니다. 더욱이 그들이 즐기는 아무리 단순한 이야기라도 읽을 만한 요지로 축약하기에는 너무나 복잡합니다. 너무 많은 일이 벌어지거든요. 반면 지금 제가 생각하는 이야기들은 언제나 아주 단순한 서사적 형태를 갖고 있습니다. 그러면서도 멋진 꽃병이

오독誤讀

나 튤립 같은 만족스럽고 완전한 형태지요.

이런 이야기들에 '신화myths' 말고는 다른 이름을 붙이기 어려울 것 같지만, 이 단어는 여러 면에서 유감스럽습니다. 우선 그리스어 뮈토스muthos는 이런 부류의 이야기가 아니라 모든 종류의 이야기를 뜻한다는 사실을 기억해야 합니다. 그리고 인류학자들이 신화로 분류할 만한 모든 이야기가 제가 여기서 관심을 갖는 특성을 갖춘 것은 아닙니다. 우리가 신화에 대해 말할 때는, 발라드에 대해 말할 때처럼 흔히 최고의 신화들만 생각하고 다수의 신화는 망각합니다. 모든 민족의 모든 신화를 꾸준히 살핀다면 그 내용의 상당 부분에 질리고 말 것입니다. 고대인이나 야만인에게는 그 내용이 어떤 의미가 있었는지 모르지만, 우리에게는 대부분이 무의미하고 충격적입니다. 잔인하고 음란할 뿐 아니라 어리석고 광기 어린 이야기로 보입니다. 이런 상스럽고 저열한 덤불 사이에서 위대한 신화들—오르페우스, 데메테르와 페르세포네, 헤스페리데스,5) 발데르, 라그나로크,6) 일마리넨7)의 삼포8) 제작—이 느릅나무처럼 등장합니다. 반대로, 인류학적 의미로 보면 신화가 아니고 완전히 문명화된 시기에 개인들이 지어낸

---

5) 세계의 서쪽 끝 정원에서 황금사과를 지키고 있다는 세 여인.
6) 북유럽 신화에서 신들과 인간세계의 종말, 특히 신들의 멸망을 나타내는 말. 흔히 '신들의 황혼'이라고 번역된다.
7) Ilmarinen. 핀란드의 신화에 나오는 대장장이 신.
8) 소유자에게 부와 행운을 가져다준다는 신비한 물건.

어떤 이야기들이 제가 말하는 '신화적 특성'을 갖추고 있기도 합니다. 《지킬 박사와 하이드 씨》, 웰스의 《벽에 있는 문The Door in the Wall》, 카프카의 《성城》의 줄거리가 그렇습니다. 피크 씨Mervyn Peake의 《타이터스 그론Titus Groan》에 나오는 고멘가스트[9]나 톨킨 교수가 《반지의 제왕》에서 고안해 낸 나무정령Ent과 로스로리엔[10]도 그렇습니다.

그럼에도 새로운 단어를 다시 만드는 것보다는 '신화'를 그냥 쓰는 것이 그나마 낫다고 생각합니다. 이해하기 위해 읽는 사람들―문체사냥꾼들은 고려하지 않았습니다―은 신화라는 단어를 제가 부여한 의미로 받아들일 것입니다. 이 책에서 신화는 다음의 특징을 가진 이야기를 의미합니다.

1. 신화는 앞에서 밝힌 대로 문학 외적인 특징이 있습니다. 나탈리스 코메스,[11] 랑프리에르Lemprière, 킹슬리Kingsley, 호손, 로버트 그레이브스,[12] 로저 그린[13]을 통해 같은 신화를 동시에 접한 사람들은 공통된 신화적 경험을 하는데, 그것은 단순한 최대공약수를 넘어서는 중요한 경험입니다. 반면, 브룩의 《로메우스》[14]와 셰익스피어의 《로미

9) Gormenghast. 대대로 내려오는 그론 가문의 저택.
10) Lothlorien. 엘프들의 안식처.
11) Natalis Comes, 1520~1582. 이탈리아의 신화기록가, 시인, 인문주의자. 대표작 《신화 이야기》.
12) Robert Graves, 1895~1985. 시인, 소설가.
13) Roser Lancelyn Green, 1918~1987. 전기작가, 아동문학가.
14) 영국의 시인 Arthur Brook이 쓴 《로메우스와 줄리엣의 비극적 이야기The Tragicall Historye of Romeus and Juliet》.

오와 줄리엣》을 통해 같은 이야기를 접한 사람들이 공유하는 것은 그 자체로는 아무 가치가 없는 둘 사이의 최대공약수뿐입니다.

2. 신화의 즐거움은 서스펜스나 놀라움 같은 통상적인 서사적 유인책에 거의 의존하지 않습니다. 처음 듣는 순간에도 신화는 필연적인 것으로 느껴집니다. 그리고 냄새나 화음이 그렇듯 특유의 향이나 특성으로 우리에게 영향을 끼치는 영구적인 숙고의 대상—서사보다는 하나의 사물처럼—을 접할 때는 처음 만나는 순간이 매우 중요합니다. 때로는 처음부터 서사적 요소가 거의 없기도 합니다. 신들과 모든 선한 사람들이 라그나로크의 그늘 아래 산다는 생각은 이야기라고 하기 힘듭니다. 헤스페리데스는 그들의 사과나무 및 용과 더불어 이미 강력한 신화이며, 사과를 훔치러 오는 헤라클레스를 끌어들이지 않더라도 여전히 신화입니다.

3. 인간적 공감은 최소화됩니다. 우리는 신화 속 등장인물들에게 그리 강하게 감정이입을 하지 않습니다. 그들은 다른 세계에서 움직이는 형체들과 같습니다. 우리는 그들의 움직임의 패턴이 우리의 삶과 심오한 연관성이 있다고 느끼지만, 상상력을 발휘하여 우리 삶을 그들의 삶에 대입하지는 않습니다. 오르페우스 이야기는 우리를 슬프게 만듭니다만, 초서의 트롤리우스를 접할 때와 마찬가지로 오르페우스 개인과 생생하게 공감하기보다는 인류애적인 연민을 느끼게 됩니다.

4. 신화는 한 가지 의미에서 언제나 '환상적'입니다. 신화는 불가

능한 일, 초자연적인 일들을 다룹니다.

5. 신화는 슬픈 일을 다룰 수도 있고 기쁜 일을 다룰 수도 있지만 그 내용은 언제나 진지합니다. 희극적 신화(제가 말하는 의미에서의 신화)는 불가능합니다.

6. 신화가 다루는 이야기는 진지할 뿐 아니라 외경심을 불러일으킵니다. 우리는 그것이 누멘적[15]이라고 느낍니다. 대단히 중요한 어떤 것이 우리에게 전해진 것만 같습니다. 이 어떤 것을 파악하려는—우리는 주로 개념화하려고 합니다—정신의 지속적인 노력은 신화를 알레고리적으로 설명하려는 사람들의 집요한 경향에서 볼 수 있습니다. 그리고 온갖 알레고리를 시도한 후에도, 여전히 신화 자체가 그 모든 알레고리보다 더 중요하게 느껴집니다.

저는 지금 신화를 묘사하는 것이지 설명하는 것이 아닙니다. 신화들이 어떻게 생겨나는지—초기 과학인지 의식儀式의 화석 기록인지, 개인적 집단적 무의식의 돌출인지—조사하는 것은 제 목적을 상당히 벗어나는 일입니다. 저의 관심사는 우리의 정신과 비슷한 정신이 가진 의식적 상상력에 신화가 미치는 영향이지, 무의식에 남아 있는 전前논리적 정신이나 선사시대의 흔적에 신화가 끼치는 가설적 영향이 아닙니다. 전자, 즉 신화가 의식적 상상력에 미치는 영향만이 직접

15) numinous, 신성한 것이 주는 두려움과 매혹의 신비를 동시에 갖춘 것.

관찰이 가능한 것이며, 신화의 주제를 문학적 연구라는 가까운 거리에서 다루게 해주는 것이기 때문입니다. 제가 꿈을 말할 때 의미하는 것, 의미할 수 있는 유일한 것은 깨어난 후에 기억에 남아 있는 꿈입니다. 이와 비슷하게, 제가 신화에 대해 말할 때는 우리가 경험하는 신화를 의미합니다. 즉 숙고의 대상이지 믿음의 대상이 아닌 신화, 제의ritual와 관련된 것이 아닌, 논리적 정신의 온전히 깨어 있는 상상력의 몫으로 제시된 신화입니다. 저는 빙산 중에서 수면 위로 드러난 부분만 다룹니다. 그 부분에만 아름다움이 있고 그 부분만 숙고의 대상으로 존재합니다. 물론 수면 아래에 많은 것이 있습니다. 수면 아래 부분을 조사하고 싶은 마음은 과학적으로 분명히 정당합니다. 그러나 그런 연구의 특이한 매력 중 하나는 사람들이 신화를 알레고리적으로 해석하게 만드는 충동에서 나오는 것이 아닌가 합니다. 그것은 신화가 암시하는 듯 보이는 중요한 어떤 것을 포착하고 개념화하려는 또 다른 시도입니다.

저는 신화를 정의할 때 그것이 우리에게 끼치는 영향을 고려하기 때문에, 제가 볼 때는 같은 이야기라도 어떤 사람에게는 신화이고 어떤 사람에게는 신화가 아닐 수 있습니다. 이야기를 신화적 이야기와 비신화적 이야기로 분류하는 기준을 제시하는 것이 저의 목표라면 이것은 치명적인 결함이 될 것입니다. 그러나 그것은 저의 목표가 아닙니다. 저의 관심사는 독서의 방법이고 그렇기 때문에 신화에 대한 지금까지의 여담이 필요했던 것입니다.

자신에게 위대한 신화로 다가오는 이야기를 시원찮거나 상스럽거나 거슬리는 문체로 처음 접한 사람은 글이 시원찮음을 감안하고 주로 신화에 관심을 기울입니다. 그는 글 자체에는 별로 개의치 않습니다. 어떤 식으로건 그 신화를 알게 되어 기쁠 뿐입니다. 이런 태도는 앞 장에서 제가 지적했던 비문학적인 사람들의 행동과 거의 똑같아 보일 수 있습니다. 두 경우 모두 글에는 최소한의 관심만 기울이고 사건에 집중합니다. 하지만 신화 애호가와 비문학적인 다수를 동일시하는 일은 큰 실수가 될 것입니다.

차이는 이렇습니다. 둘 다 동일한 과정을 거치지만 하나는 적절하고 생산적인 지점에서 사용하고, 나머지는 그렇지 않다는 것입니다. 신화의 가치는 문학적 특성에서 나오는 것이 아니며, 신화 감상 역시 문학적 경험이 아닙니다. 신화 애호가는 신화를 기록한 글이 좋은 읽을거리일 거라는 기대나 믿음을 갖고 접근하지 않습니다. 그 글은 그저 정보일 뿐이지요. 그 문학적 장점이나 결점은 (그의 주된 목적을 위해서는) 시간표나 요리책의 문학적 장단점을 따지는 일과 마찬가지로 그리 중요하지가 않습니다. 물론 그에게 신화를 들려주는 글 자체가 훌륭한 문학 작품인 경우가 있을 수 있습니다. 산문 에다Edda가 그런 경우이지요. 신화 애호가가 문학적 사람이라면—그럴 경우 거의 언제나 그렇듯—그는 그 문학 작품을 그 자체로 기쁘게 즐길 것입니다. 그러나 이런 문학적 기쁨은 그의 신화 감상과는 구분될 것입니다. 보티첼리의 그림 〈비너스의 탄생〉을 그림으로 감상하는 것과 그

오독誤讀

것이 기념하는 신화에 대한 우리의 반응이 구분되는 것과 같습니다.

반면 비문학적인 사람들은 앉아서 '책을 읽습니다.' 그들은 저자의 안내에 자신의 상상력을 맡깁니다. 그러나 이것은 성의 없는 내맡김입니다. 그들은 스스로 할 수 있는 것이 별로 없습니다. 모든 것을 강조해 주고 일일이 적어 주고 제대로 된 상투적 문구로 옷을 입혀 줘야 그들의 관심을 끌 수 있습니다. 그러나 동시에 그들은 글에 엄격히 복종한다는 개념이 없습니다. 어떤 면에서 그들의 행동은 [그리스·로마] 고전 사전에 건조한 문체로 쓴 요약을 통해 신화를 찾아보고 즐기는 사람보다는 더 문학적이라고 할 수 있습니다. 그들의 행동이 책에 매여 있고 책에 전적으로 의존하기 때문입니다. 그러나 그들의 행동은 너무나 모호하고 성급한 것이기도 해서 좋은 책이 내놓는 그 어떤 것도 사용하지 못합니다. 그들은 모든 것을 설명해 주기를 바라면서도 정작 설명에는 별로 귀 기울이지 않는 어린 학생과 비슷합니다. 그리고 그들은 신화 애호가처럼 사건에 집중하지만, 사건의 종류가 전혀 다르고 집중의 태도로 전혀 다릅니다. 신화 애호가는 사는 내내 신화에 감동하겠지만, 비문학적 독자들은 일시적 흥분이 끝나고 일시적 호기심이 달래지면 그 사건을 영원히 잊어버릴 것입니다. 그리고 그것은 정당한 반응일 것입니다. 그들이 중요하게 여기는 사건은 상상력에 지속적인 충성을 요구할 권리가 없으니까요.

한마디로 신화 애호가의 행동은 문학 외적인 것인 반면, 비문학적 독자들의 행동은 비문학적입니다. 신화 애호가는 신화로부터 신화가 내놓는 것을 얻습니다. 비문학적 독자들은 독서로부터 독서가 줄 수 있는 10분의 1, 15분의 1도 얻지 못합니다.

제가 이미 말한 대로, 어떤 이야기가 신화일 수 있는 정도는 대체로 그것을 듣거나 읽는 사람에게 달려 있습니다. 여기에 중요한 결론이 따라옵니다. 우리는 다른 사람이 책을 읽을 때 어떤 일이 벌어지는지 정확히 안다고 가정해서는 안 됩니다.* 어떤 사람에게는 신나는 '긴 이야기'에 불과한 책이 다른 사람에게는 신화 또는 신화 비슷한 것을 전달할 수도 있기 때문입니다. 라이더 해거드[16]의 책이 이 부분에서 특히 그렇습니다. 그의 소설을 읽는 두 소년을 본다고 할 때, 그들이 같은 경험을 하고 있다고 단정해서는 안 됩니다. 한 명은 주인공들이 처한 위험만 보는 반면, 다른 소년은 '외경스러운' 것을 느낄 수도 있으니까요. 한 명이 호기심으로 내달리는 지점에서 다른 소년은 경이감에 사로잡혀 걸음을 멈출 수 있습니다. 비문학적인 소년에게 코끼리 사냥과 난파는 신화적 요소 못지않게 좋을 수 있고—둘 다 똑같이 흥미진진하니까요—해거드의 작품은 대체로 존 버컨[17]의 소설과 같은 종류의 즐거움을 줄 수 있습니다. 신화를 좋아

---

* 저는 우리가 전혀 알아낼 수 없다고 말하는 것이 아닙니다.
16) Rider Haggard, 1856~1925. 영국의 소설가. 아프리카를 무대로 한 모험소설로 유명하다.
17) John Buchan, 1875~1940. 영국의 모험소설가이자 정치가. 대표작 현대 모험소설의 전형이 된 스파이 모험소설《39계단》.

하는 소년이 문학적이기도 하다면 버컨이 훨씬 더 나은 작가라는 사실을 발견하게 될 것입니다. 하지만 그는 해거드의 작품을 통해 그 냥 흥분과는 비교할 수 없는 어떤 것에 이른다는 사실을 여전히 인식할 것입니다. 버컨의 작품을 읽을 때 '주인공이 위기를 벗어날까?'라고 묻는다면, 해거드의 작품을 읽을 때는 이렇게 느끼게 됩니다. '나는 여기서 결코 벗어나지 못할 거야. 이것이 내게서 떠나지 않을 거야. 이 이미지들이 내 정신의 수면 아래로 깊숙이 뿌리를 내렸어.'

신화를 찾는 읽기와 비문학적인 사람들 특유의 읽기, 두 독법의 유사성은 이렇게 피상적입니다. 그리고 각 독법을 택하는 이들은 전혀 다른 부류입니다. 저는 신화를 좋아하지 않는 문학적 사람들을 만나 봤지만 신화를 좋아하는 비문학적 사람은 만나 보지 못했습니다. 비문학적 독자들은 작품 속 심리나 묘사된 사회의 상태나 등장인물이 겪는 운명의 부침이 믿기 어렵게 펼쳐지는 지독히 개연성이 낮은 이야기들을 그대로 수용합니다. 그러면서도 작품이 용인하는 불가능한 전제와 초자연적 요소는 한사코 받아들이지 않습니다. "이런 일은 실제로 벌어질 수가 없어." 그들은 그렇게 말하고 책을 내려 놓습니다. 그들은 그 책이 '어처구니없다'고 생각합니다. 그들이 독자로서 경험하는 것에는 우리가 '환상fantasy'이라 부를 만한 것이 아주 큰 부분을 차지하건만, 그들은 환상적 요소들을 어김없이 싫어하는 것입니다. 그러나 이 구분은 '환상'과 관련된 용어 정의 없이는 그들의 취향을 더 깊이 파고들 수 없다고 제게 경고해 줍니다.

VI

'환상'의 의미

환상fantasy이라는 단어는 문학적 용어이자 심리학 용어입니다. 문학 용어로서 환상은 불가능하고 초자연적인 일을 다루는 모든 서사를 의미합니다. 〈노수부의 노래〉,[1] 《걸리버 여행기》, 《에레혼》,[2] 《버드나무에 부는 바람》,[3] 〈아틀라스의 마녀〉,[4] 《저건》,[5] 《황금 항아리》,[6] 《진실한 이야기》,[7] 《미크로메가스》,[8] 《플랫랜드》[9]와 아풀레이우스

---

1) *The Ancient Mariner*. 영국 낭만주의 시인 새뮤얼 콜리지의 시.
2) *Erewhon*. 영국 시인 새뮤얼 버틀러의 역逆유토피아 소설. 모든 것이 당시 영국과 반대로 되어 있는 미지의 나라 에레혼('nowhere어디에도 없다'를 거꾸로 쓴 것)의 이야기.
3) *The Wind in the Willows*. 영국 작가 케네스 그레이엄의 아동문학. 두더쥐, 물쥐, 두꺼비 등의 모험담이 펼쳐진다.
4) The Witch of Atlas. 퍼시 셸리의 시.
5) *Jurgen*. 미국 작가 제임스 브랜치 캐벌의 소설. 주인공 저건은 여행을 떠나 환상의 영역을 누비는데, 천국과 지옥을 포함해 가는 곳마다 그곳의 여자를 유혹한다.
6) *The Crock of Gold*. 제임스 스티븐스의 소설.
7) *Vera Historia*, 아모르문디 역간, 2세기의 풍자작가 사모사타의 루키아노스가 그려낸 기이한 달세계 여행 이야기.
8) *Micromegas*. 볼테르의 소설. 하루면 지구를 다 돌 수 있는 거대한 외계인 미크로메가스의 눈으로 인간을 바라본다. 문학세계 역간.
9) *Flatland*, 에드윈 애벗의 소설. 모든 것이 납작한 평면의 나라 플랫랜드 이야기. 늘봄 역간.
10) Lucius Apuleius, *Metamorphoses*, 《황금당나귀》, 매직하우스 역간. 당나귀로 변한 인간이 겪게 되는 파란만장한 이야기.

의 《변형담》[10]은 환상문학입니다. 물론 이 모두는 취지와 목적에서 아주 이질적입니다. 유일한 공통점은 환상적이라는 것뿐입니다. 이런 부류의 환상을 '문학적 환상'이라 부르겠습니다.

심리학 용어로서의 환상에는 세 가지 의미가 있습니다.

1. 어떤 식으로건 환자에게 기쁨을 주고 그가 현실로 오인하는 상상의 구성물. 이런 상태의 한 여자는 어떤 유명인이 자기와 사랑에 빠졌다고 상상합니다. 이런 상태의 한 남자는 자신이 부유한 귀족 부부가 오래 전에 잃어버린 아들이고 부모가 곧 자신을 찾아내어 아들로 인정하고 감당 못할 부와 명예를 안겨줄 거라고 믿습니다. 그들은 가장 흔한 사건들조차도 때로 기발한 창의력을 발휘하여 왜곡해 자신이 애지중지하는 믿음의 증거로 받아들입니다. 이런 부류의 환상에 대해서는 이름을 붙일 필요가 없습니다. 더 이상 언급할 필요가 없으니까요. 모종의 우연이 아닌 한, 망상은 문학적 관심사가 아닙니다.

2. 환자가 끊임없이 탐닉하여 해를 입지만 그것이 현실이라는 망상은 없는 즐거운 상상의 구성물. 군사적·성적 승리를 쟁취하거나 권력이나 영화, 또는 단순한 인기를 누리는 내용의 백일몽—꿈꾸는 사람이 꿈인 줄 압니다—이 단조롭게 되풀이되거나 해가 갈수록 더욱 정교해집니다. 이것은 꿈꾸는 사람의 인생에 주된 위안이 되거나 거의 유일한 즐거움입니다. 그는 삶의 필수적인 일들에서 벗어나 여유가 생길 때마다 '마음의 보이지 않는 이런 반란, 존재의 은밀한 낭비'

속으로 들어갑니다. 현실은 그에게 무의미합니다. 다른 사람들에게는 기쁨을 주는 현실이라도 그렇습니다. 실질적 행복을 하나라도 이루는 데 필요한 온갖 노력을 감당할 수 없는 지경에 이릅니다. 무한한 부를 꿈꾸는 사람은 푼돈을 모으지 않을 것입니다. 자신을 돈 후안이라고 상상하는 이는 만나는 모든 여자에게 정상적으로 호감을 주는 사람이 되려는 어떤 수고도 하지 않을 것입니다. 저는 이것을 '병적인 공상Morbid Castle-building'이라고 부릅니다.

3. 일시적인 휴식이나 기분 전환 차원에서 가볍고 짧게 이루어지는 2번과 같은 활동이 좀더 실질적이고 외향적인 활동에 밀려 부차적인 자리를 차지한 상태. 이런 것을 전혀 즐기지 않고 사는 것이 더 지혜로운 일인지는 논의할 필요가 없습니다. 그런 사람은 없으니까요. 몽상이 늘 몽상으로만 끝나는 것도 아닙니다. 우리가 실제로 하는 일은 그 일을 하는 자신의 모습을 꿈꾸었던 일인 경우가 흔합니다. 우리가 쓰는 책들은 한때 우리가 백일몽 속에서 자신의 집필을 상상했던 책들입니다. 물론 꿈속에서처럼 그렇게 완벽하게 되지는 않습니다. 저는 이것을 '정상적 공상Normal Castle-building'이라고 부릅니다.

그러나 정상적 공상에도 두 종류가 있고 둘의 차이점은 너무나 중요합니다. 하나는 자기 본위의 공상이고, 또 하나는 사심 없는 공상입니다. 전자는 백일몽을 꾸는 사람이 언제나 주인공이고 모든 것을 자기 눈을 통해 바라봅니다. 재치 있게 응수하고 아름다운 여인들을 매료시키고 원양요트를 소유하고 살아 있는 최고의 시인으로 찬사를 받는 것은 본인입니다. 후자는 백일몽을 꾸는 사람이 백일몽의 주인공이 아니며, 그 속에 등장하지 않을 수도 있습니다. 따라서 실제로 스위스에 갈 가능성이 전혀 없는 사람이 알프스 휴가에 대한 공상을 즐길 수 있습니다. 그는 허구 속에 있겠지만 주인공이 아니라 구경꾼으로 그 자리에 있습니다. 그가 실제로 스위스에 있다면 자신이 아니라 산에 관심을 기울일 것이고, 공상 속에서도 그의 관심은 상상의 산에 집중됩니다. 그러나 때로는 꿈꾸는 사람이 백일몽에 아예 등장하지 않기도 합니다. 저는 잠이 오지 않는 밤이면 제가 꾸며낸 경치들을 떠올리며 즐기는데, 이런 사람들이 많을 것 같습니다. 큰 강들을 거슬러 올라가면 갈매기들이 우짖는 강어귀가 나오고, 상류로 갈수록 골짜기가 점점 더 좁아지고 가팔라지면서 구불구불 이어지다 황야의 움푹한 곳에서 들릴 듯 말 듯한 물소리가 나는 수원에 이르게 됩니다. 그러나 저는 탐험가나 여행자로서 거기에 있는 것이 아닙니다. 저는 바깥에서 그 세계를 바라보고 있습니다. 아이들은 흔히 협동작업을 통해 그다음 단계로 넘어갑니다. 그들은 하나의 세계를 통째로 가장하고 그 안에 사람들을 가득 채우고 자기들은 바깥에 머물 수 있습니다. 그러나 그 단계에 이르면, 공상 이상의 어떤 것이 작동했다고 보아야 합니다. 구성, 창작, 한마디로 이야기 꾸며내기가 진행 중인 것입니다.

따라서 백일몽을 꾸는 사람에게 재능이 있다면, 사심 없는 공상에서 문학적 창작으로 쉽게 전환이 이루어집니다. 자기 본위의 공상에서 사심 없는 공상으로의 전환, 거기에서 진정한 이야기 꾸며 내기로의 전환까지 나타납니다. 트롤럽은 자서전에서 자신의 소설들이 명백한 자기 본위의 보상적 공상에서 이런 식의 전환이 거듭하여 생겨났다고 말합니다.

하지만 현재의 탐구에서 우리의 관심사는 공상과 작문의 관계가 아니라 공상과 독서의 관계입니다. 앞에서 저는 비문학적인 사람들이 소중히 여기는 이야기는 그들이 등장인물들을 통해 사랑이나 부나 명예를 대리적으로 즐길 수 있게 해주는 이야기라고 말한 바 있습니다. 이것은 이야기의 안내를 받고 따라가거나 수행하는 자기 본위의 공상입니다. 그들은 책을 읽는 동안 가장 부럽거나 가장 훌륭한 등장인물에 자신을 투사합니다. 그리고 책을 다 읽은 후에는 그 등장인물의 기쁨과 승리가 추가적인 백일몽을 꿈꿀 힌트를 제공하기도 합니다.

비문학적인 사람들의 모든 독서가 이런 부류의 것이고 이런 투사를 포함한다고 가정하는 경우가 가끔 있습니다. 그러나 '이런 투사'라는 말로 제가 의미하는 것은 대리적 즐거움, 승리, 명예를 얻기 위한 투사입니다. 주인공뿐 아니라 악당들까지, 부러운 인물부터 가련한 인물까지 모든 주요 등장인물에 대한 모종의 투사는 모든 이야기를 읽는 모든 독자에게 분명히 필요합니다. 우리는 '감정이입'을 해야 하고, 그들의 감정 속으로 들어가야 합니다. 그렇지 않을 바에는 차

라리 삼각형들의 사랑에 대해 읽는 것이 나을 것입니다. 그러나 대중소설을 읽는 비문학적 독자라고 해서 늘 자기 본위의 공상가처럼 투사를 일삼는다고 가정하는 것은 성급한 일일 것입니다.

우선, 그들 중 일부는 희극적 이야기를 좋아합니다. 저는 농담의 향유가 공상의 한 형태라고 생각하지 않습니다. 노란 스타킹에 끈을 엇갈려 맨 말볼리오[11]나 연못 속의 피크위크 씨[12]가 되고 싶어 하는 사람은 절대 없습니다. 우리는 "그 자리에서 직접 봤다면 좋겠다"고 말할 수 있지만, 이것은 그저 관객—우리는 이미 관객이지요—으로서 더 좋은 좌석을 잡았으면 하는 바람일 뿐입니다. 다시 말하면, 비문학적 독자들 중 많은 이들이 귀신 이야기와 무서운 이야기를 좋아합니다만, 그들이 그런 이야기를 좋아하면 할수록 이야기의 등장인물이 되고 싶은 마음은 더욱 없을 것입니다. 독자가 모험 이야기를 즐기는 이유가 때로는 용감하고 지략이 뛰어난 주인공의 역할에 자신을 대입하기 때문일 가능성은 있습니다. 그러나 그것이 모험 이야기를 읽는 유일한 즐거움 또는 주된 즐거움이라고 확신할 수 있는지는 모르겠습니다. 독자는 주인공에게 감탄하고 그의 성공을 바랄 뿐, 그

11) 셰익스피어의 희극 《십이야》의 여주인공 올리비아의 집사. 도덕군자로 행세하다 주위 사람들의 꾀에 넘어가 연모하던 올리비아 앞에 노란 스타킹에 끈을 엇갈려 맨 괴상한 복장을 하고 나타나 사랑을 고백하다 망신을 당한다.
12) 찰스 디킨스의 소설 《피크위크 페이퍼스Pickwick Papers》의 주인공. 얼어붙은 연못 위에서 얼음을 지치다 물속에 빠진다.

성공을 자기 것으로 삼고 싶어 하지 않을 수도 있습니다.

우리가 보기에는 매력의 요소가 자기 본위의 공상이 전부인 것 같은 그 외의 이야기들이 있습니다. 성공 이야기, 특정한 사랑 이야기, 특정한 상류사회 이야기입니다. 이런 이야기들은 가장 낮은 등급의 독자들이 가장 즐겨 읽습니다. 등급이 가장 낮은 이유는, 독서가 그들을 자신으로부터 해방되도록 거의 돕지 않고, 그들이 하고 싶은 대로 이미 너무 많이 하고 있는 도락을 그대로 인정해 주고, 책과 삶에서 얻을 가치가 있는 것 대부분을 외면하게 만들기 때문입니다. 이런 공상은 책의 도움이 있건 없건, 심리학자들이 말하는 환상 중 하나입니다. 그러므로 우리가 심리적 환상과 문학적 환상을 미리 구분해 놓지 않았다면, 그런 독자들이 문학적 환상을 좋아할 거라고 생각하기 쉬울 것입니다. 그러나 사실은 정반대입니다. 그들을 시험해 보면 그들은 환상문학을 혐오하고, 그런 책들이 '아이들에게나 어울린다'고 생각하고, '절대 일어날 수 없는 일들'에 대해 읽는 것은 쓸데 없는 일이라고 생각한다는 사실을 알게 될 것입니다.

우리 눈에는 그들이 좋아하는 책들에 불가능한 일들이 가득하다는 사실이 분명해 보입니다. 그들은 말도 안 되는 등장인물들의 심리와 터무니없는 우연의 일치를 거부하지 않습니다. 그러나 자신이 아는 자연법칙과 일반적인 평범함이 엄격하게 지켜질 것을 요구합니다. 옷, 기계장치, 음식, 집, 직업, 일상 세계의 분위기를 그대로 요구합니다. 물론 부분적인 이유는 그들의 상상력이 가진 극도의 타성 때문입니다. 그들은 직접 수천 번 읽어 보고 두 눈으로 수백 번 본 것만 실재하는 것으로 받아들일 수 있습니다. 그런데 더 깊은 이유가 있습니다.

그들은 자신의 공상을 현실로 오인하지 않지만, 현실일 수도 있다고 느끼고 싶어 합니다. 여성 독자는 모든 사람이 책 속의 여주인공을 주목하듯 현실의 모든 눈이 자기를 따라다닌다고 믿지 않습니다. 그러나 돈이 더 있어서 더 좋은 옷과 보석, 화장품, 기회 등을 얻게 된다면 그럴 수도 있다고 느끼고 싶은 마음이 있습니다. 남성 독자는 자신이 부자고 사회적으로 성공한 사람이라고 생각하지 않습니다. 하지만 내기경마에서 판돈을 쓸어오거나 재능은 없어도 큰돈을 벌기만 하면 그렇게 될 수도 있습니다. 그는 백일몽이 실현되지 않음을 알지만, 원칙적으로 실현 가능하기는 해야 한다고 요구합니다. 그렇기 때문에 누가 봐도 불가능한 일이라는 암시는 그 정도가 아무리 약해도 그의 즐거움을 망쳐놓는 것입니다. 기이한 일, 환상적인 요소를 들여오는 이야기는 그에게 암묵적으로 이렇게 말합니다. "나는 예술 작품일 뿐이야. 넌 나를 그렇게 받아들여야 해. 나의 암시, 나의 아름다움, 나의 아이러니, 나의 구성을 즐겨야 해. 현실에서 이런 일이 네게 벌어질 가능성은 없어." 그 후에는 독서—그가 즐기는 부류의 독서—가 부질없어집니다. '어쩌면 이런 일이—누가 알겠어?—언젠가 내게 벌어질 수 있을지도 모른다'라고 느낄 수 없다면, 그가 책을 읽는 목적 전체가 좌절되고 맙니다. 그러므로 누군가의

'환상'의 의미

독서가 철저히 자기 본위의 공상의 일종이 될수록, 그는 확실한 피상적 리얼리즘을 더욱 강하게 요구할 것이고 환상적인 요소를 더욱 달가워하지 않을 것입니다. 이것은 절대적인 규칙입니다. 그는 일시적이나마 속고 싶어 합니다. 그런데 무엇이건 그럴듯하게 현실을 닮지 않고서야 속일 수가 없습니다. 사심 없는 공상은 넥타르와 암브로시아,[13] 요정의 빵과 감로甘露[14]를 꿈꿀 수 있지만, 자기 본위의 공상은 베이컨과 계란과 스테이크를 꿈꿉니다.

그러나 저는 리얼리즘이라는 단어를 이미 사용했고, 이 단어는 뜻이 모호하여 분석이 필요합니다.

---

13) 신의 음료와 음식.
14) 신들의 술.

오독誤讀

VII

리얼리즘에 대하여

리얼리즘realism이라는 단어는 논리학에서 실념론實念論[1]의 의미로 쓰이고 그 반대말은 유명론唯名論, nominalism[2]입니다. 형이상학에서는 실재론實在論[3]의 의미로 쓰이고 반대말은 관념론idealism[4]입니다. 정치적 언어에서는 다소 격이 떨어지는 세 번째 의미로 쓰이는데, 정적들이 이 태도를 보이면 '냉소적'이라고 부르고 우리 편이 받아들이면 '현실주의적'이라고 말합니다. 현재로서 우리의 관심사는 이 중 어느 것도 아니고 문학 비평 용어로서의 '사실주의'와 '사실주의적'뿐입니다. 그리고 이런 제한된 영역에서도 즉시 구분이 이루어져야 합니다.

우리는 《걸리버 여행기》에서 크기와 관련한 치수나 《신곡》에서 잘 알려진 사물들과 비교하여 정확히 명시되는 치수를 보며 사실주의적이라고 묘사할 것입니다. 그리고 초서의 탁발수사가 자기가 앉

---

1) 보편 개념이 실재한다는 입장.
2) 개체만이 존재하고 보편 개념은 이름일 뿐이며 실재하지 않는다는 입장.
3) 사물이 의식에서 독립하여 그 자체로 실재한다는 입장.
4) 객관이나 외부 세상은 모종의 형태로 인식 주관에 의존하므로 외부 사물은 의식의 현상이나 산물이라는 입장.

고 싶은 의자에서 고양이를 쫓아내는 대목에서 사실주의적 솜씨를 말할 수 있을 것입니다.* 저는 이것을 '표현의 사실주의'라고 부릅니다. 날카롭게 관찰하거나 예리하게 상상해 낸 구체적인 내용을 제시함으로써 어떤 것을 우리에게 가까이 가져와 만질 수 있을 정도로 생생하게 만드는 기술이지요. 여러 사례를 제시할 수 있습니다.《베오울프》에서 용이 "바위를 따라오며 코를 킁킁대는" 대목이 그렇습니다. 레이어먼의 아서왕은 자신이 왕이라는 말을 듣고 "얼굴이 붉어졌다가 창백해졌다가" 합니다.《가윈 경과 녹색기사》에서 봉우리들은 "종이에서 잘라낸 것"처럼 보였습니다. 요나는 "대성당 문으로 들어가는 티끌처럼" 고래의 입속으로 들어갑니다.《기사 후온》에 나오는 빵 굽는 요정들은 손가락에 묻은 반죽을 비벼서 털어 냅니다. 폴스타프[5]가 임종시 이불을 잡아당기는 모습은 어떻습니까. 워즈워스의 작은 시냇물 소리는 밤에는 들리지만 "낮에는 들리지 않"습니다.**

　　매컬리가 볼 때 이런 표현의 사실주의는 단테와 밀턴을 구분하는 주된 잣대였습니다. 매컬리의 생각은 옳았습니다만, 그는 자신이 포

---

* *Canterbury Tales*, D. 1775.
5) Falstaff, 셰익스피어의 희곡《헨리 5세》에 나오는 허풍쟁이에다 뚱뚱보, 주색을 즐기는 늙은 기사. 왕자 할은 폴스타프 무리와 어울려 방탕한 생활을 하지만 헨리 5세로 등극한 후에는 그를 추방한다.
** *Beowulf*, 2288; *Brut*, 1987 이하; *Gawain and the Green Knight*, 802; *Patience*, 268; *Duke Huon of Burdeux*, 11, cxvi, p. 409, ed. S. Lee, E.E.T.S.; *Henry V*, 2막 3장 14; *Excursion*, IV, 1174.

착한 것이 특정한 두 시인의 차이가 아니라 중세 작품과 고전주의[6] 작품의 일반적 차이임을 깨닫지 못했습니다. 중세는 표현적 사실주의의 멋지고 활기찬 전개를 선호했는데, 당시 사람들은 시대감각은 물론—그들은 모든 이야기를 자기들 시대의 방식으로 꾸몄습니다—적정률의 감각에도 제한을 받지 않았기 때문입니다. 중세 전통이 우리에게 "난롯불과 집과 촛불"을 준다면, 고전주의 전통은 "공포스러운 깊은 밤이었다"*라고 전해줍니다.

제가 이야기한 표현적 사실주의의 사례 대부분이, 일부러 그런 것은 아니지만, 그 자체로는 있을 법하지 않거나 심지어 불가능하다는 의미에서 전혀 '현실적이지' 않은 이야기를 들려줄 때 나타난다는 점을 알아채셨을 것입니다. 이것으로 '표현의 사실주의'와 제가 말한 '내용의 사실주의' 사이에서 제가 가끔 감지했던 아주 기초적인 혼동이 단번에 정리되었으면 합니다.

픽션은 있을 법하거나 사실성이 있을 때 내용이 사실주의적이 됩니다. 콩스탕의 《아돌프》[7] 같은 작품에서 우리는 표현적 사실주의와 완전히 분리된, 그래서 '화학적으로 순수한' 내용의 사실주의를 봅니다. 이 책은 하나의 격정을, 그것도 현실에서 전혀 드물지 않은 격정

---

6) 봉건적이고 그리스도교적인 중세 문학에 반대하여 생긴 새로운 문학. 고전주의 문학의 본보기가 된 것은 그리스·로마의 문학이었다.
* C'était pendant l'horreur d'une profonde nuit.

을 우여곡절 끝에 죽음에 이르기까지 좇아갑니다. 여기에는 '불신의 유예'[8]가 들어설 자리가 없습니다. 독자는 이것이 능히 있을 법한 일이라는 것을 결코 의심하지 않습니다. 그러나 느끼고 분석해야 할 것이 많기는 해도, 보거나 듣거나 냄새를 맡거나 만져야 할 것은 전혀 없습니다. 어떤 '클로즈업'도, 세부 묘사도 없습니다. 부수적 인물들도 없고 이름을 거론할 만한 장소도 없습니다. 특별한 목적이 있었던 짧은 대목 하나를 제외하고는 날씨도 시골 풍경도 없습니다. 그래서 라신의 작품에서는 주어진 상황 속의 모든 것이 그럴 법하고, 심지어 필연적으로 보입니다. 내용의 사실주의는 크지만 표현의 사실주의는 없습니다. 등장인물이 어떻게 생겼고 무엇을 입고 먹었는지 독자는 모릅니다. 모두가 같은 방식으로 말합니다. 관습이라 할 만한 것이 거의 없습니다. 저는 오레스테스[9](혹은 아돌프)의 심정이 어떨지는 아주잘 압니다. 하지만 피크위크나 폴스타프를 만난다면 분명히 알아볼 수 있겠고 늙은 카라마조프나 베르실락[10]의 경우 아마도 그들을 알

---

7) Benjamin Constant, *Adolphe*, 김석희 옮김, 열림원, 2002. 아돌프는 장난으로 엘레노르에게 사랑을 고백했다가 거절을 당한 뒤 오히려 그녀에게 사랑의 격정을 품게 된다. 괴로워하는 아돌프의 모습에 엘레노르는 연민의 정을 느끼고 그 마음이 애정으로 바뀐다. 사랑을 차지한 아돌프는 잠시 기뻐하지만 금세 엘레노르에게 부담을 느끼고, 그 사실을 깨달은 엘레노르는 아무 말 없이 목숨을 끊는다. 아돌프는 깊은 허탈감에 빠져든다.

8) 문학 작품을 볼 때 현실에서 일어나지 않을 법한 일에 대한 자신의 불신은 잠시 유예하고(접어두고) 보는 것.

9) 그리스 신화에 나오는 미케네의 왕. 아가멤논과 클리타임네스트라의 아들로 아버지 아가멤논의 원수를 갚기 위해 어머니 클리타임네스트라를 살해하였다.

아볼 수 있을 거라고 말할 수 있는 것과 달리, 오레스테스나 아돌프를 만난다면 알아보지 못할 것 같습니다.

두 사실주의는 상당히 독립적입니다. 중세 로망스의 경우에는 내용의 사실주의는 없고 표현의 사실주의만 볼 수 있습니다. 프랑스 (그리고 일부 그리스) 비극의 경우에는 표현의 사실주의 없이 내용의 사실주의만 나타납니다. 《전쟁과 평화》처럼 둘 다 나타나는 경우도 있습니다. 《광란의 오를란도》[11]나 《라셀라스》,[12] 《캉디드》[13]처럼 둘 다 없는 경우도 있지요.

지금 이 시대에는 위의 네 가지 글쓰기 방식이 모두 가능하며 그중 어느 것으로도 걸작이 탄생할 수 있음을 기억하는 것이 중요합니다. 현재의 주도적 취향은 내용의 사실주의를 요구합니다.* 19세기 소설의 위대한 성취들로 인해 우리는 내용적 사실주의의 가치를 알고 기대하게 되었습니다. 그러나 우리가 이런 자연적이고 역사적으로 조건화된 선호를 하나의 원칙으로 만든다면, 처참한 실수를 저지르는 것이자 책과 독자들에 대한 또 다른 잘못된 분류를 만들어 내

---

10) 《가윈 경과 녹색기사》에 나오는 녹색기사의 이름.

11) 이탈리아의 시인 루도비코 아리오스토가 지은 영웅 서사시.

12) Samuel Johnson, *Rasselas*, 이인규 옮김, 민음사, 2005. 영국의 사전편찬가, 작가, 평론가 새뮤얼 존슨의 풍자소설. 행복이 무엇인지 찾아 떠나는 아비시니아의 왕자 라셀라스를 통해 '절대적 행복의 환상'을 비판한다.

13) 프랑스의 작가 볼테르의 풍자소설.

* 표현의 사실주의도 흔히 요구합니다만, 이 내용은 여기서 다루기에 적절하지 않습니다.

는 일이 될 것입니다. 여기에는 위험이 있습니다. 픽션은 우리가 경험을 통해 확인했거나 확인할 것 같은 삶의 모습을 표현해 주지 않는 한 문명화된 성인의 읽을거리로 적당하지 않다고 분명하게 글로 쓴 사람은 제가 아는 한 이제껏 없었습니다. 그러나 많은 문학 비평과 문학적 논의 아래에는 그런 가정이 은연중에 도사리고 있는 것 같습니다. 낭만적 작품, 목가적 작품, 환상적 작품에 대해 널리 퍼진 무시와 경멸, 그리고 이런 작품들을 손쉽게 '도피주의'로 낙인찍는 모습에서 그것을 느낍니다. 어떤 책들이 '삶에 대한 진술', 또는 삶의 '반영'(또는 더 개탄스럽게 삶의 '편린')이라는 이유로 찬사를 받는 것을 볼 때도 그것을 느낍니다. 사람들은 '사실성'이 문학에 대한 다른 모든 고려 사항을 압도하는 권리를 갖는 것으로 여기기도 합니다. 작가들은 단음절어 몇 개 썼다고 음란물 규제법—터무니없는 법일 수는 있습니다만—의 제약을 받았고, 자신이 갈릴레오 같은 과학의 순교자라도 된 것처럼 느꼈습니다. "이것은 외설적이다", "이것은 타락했다"는 반론, 또는 비평적으로 더 적절한 반론인 "이것은 흥미롭지 않다"에 대해 "현실에서 벌어지는 일"이라고 대꾸하면 때로는 그것이 충분한 답변이 된다고들 여기기도 합니다.

우리는 어떤 부류의 픽션이 사실성을 갖고 있다고 정당하게 말할 수 있는지부터 결정해야 합니다. 분별 있는 독자가 책을 읽고 나서 '그래, 우리 삶이 이것과 같아. 이렇게 암울해, 멋져, 공허해, 아이러니해. 바로 이런 일들이 벌어지지. 사람들은 이런 식으로 행동해'라고 느

오독誤讀

낄 수 있다면 그 책은 사실성을 갖고 있다고 말해야 할 것 같습니다.

그러나 우리가 '실제로 벌어지는 일'이라고 말할 때, 그 일은 흔히 벌어지거나 자주 벌어지는 일, 아니면 인간의 전형적인 운명에 해당하는 일이라는 말일까요? 아니면 "벌어질 거라고 상상할 수 있는 일, 또는 천 분의 일의 확률로 한 번 벌어졌을 수도 있는 일"을 말할까요? 이런 면에서 한편으로 《오이디푸스 왕Oedipus Tyrannus》이나 《위대한 유산》과 다른 한편으로 《미들마치Middlemarch》, 《전쟁과 평화》 사이에는 큰 차이가 있거든요. 앞의 두 책에서는 주어진 상황을 고려하면 (대체로) 있을 법한 사건들과 사람의 삶에서 특징적으로 나타나는 행동들을 볼 수 있습니다. 그러나 주어진 상황 자체는 그렇지 않습니다. 가난한 소년이 익명의 후원자 덕분에 갑자기 부자가 되고, 그 후원자는 나중에 탈옥범으로 밝혀지는 일은 도무지 있을 법하지 않습니다. 유아 때 버려진 누군가가 구출 받고 왕에게 입양되었다가 우연의 일치로 친아버지를 죽이고 또 다른 우연의 일치로 친어머니와 결혼할 가능성은 정말 압도적으로 희박합니다. 오이디푸스의 불운을 받아들이려면 몬테크리스토 백작 이야기 못지않게 많은 불신의 유예가 있어야 합니다.* 반면 조지 엘리엇의 걸작[《미들마치》]이나 톨스토이의 걸작[《전쟁과 평화》]은 전부 있을 법한 사건들이고 사람의 삶에

---

* 부록을 보라.

서 전형적이라 할 만한 행동들입니다. 누구에게나 벌어질 수 있는 일들이 등장합니다. 그와 같은 일들은 이미 수천 명에게 벌어졌을 수도 있습니다. 우리는 그런 사람들을 언제라도 만날 수 있습니다. 그리고 "삶이란 이와 같다"고 주저 없이 말할 수 있습니다.

이 두 종류의 픽션 모두 《광란의 오를란도》나 〈노수부의 노래〉나 《바테크》[14] 같은 문학적 환상과는 구분될 수 있습니다. 그리고 이 구분이 이루어지자마자 상당히 근대에 이르기 전까지는 거의 모든 이야기가 첫 번째 유형에 속했다, 즉 《미들마치》 유형이 아니라 《오이디푸스 왕》 유형에 속했다는 것을 깨닫게 됩니다. 지루한 사람들 말고는 다들 대화할 때 통상적인 내용이 아니라 예외적인 것을 이야기하듯 페티커리[15]에서 기린을 본 이야기는 하지만, 대학생을 한 명 봤다는 이야기는 하지 않습니다. 작가들은 예외적인 일을 들려주었습니다. 이전 시대 청중들은 그 외 다른 것에 대한 이야기를 하는 이유를 이해하지 못했을 것입니다. 우리가 《미들마치》나 《허영의 시장》이나 《노처老妻이야기》[16]에서 접하는 그런 소재들을 만났다면 그들은 이

14) *Vathek*. 윌리엄 벡퍼드의 소설. 칼리프 바테크는 신비한 지식을 얻고 초자연적인 힘을 얻기 위해 이슬람교와 절연하고 방탕한 생활을 한다. 그러나 결국 원하는 힘을 얻지 못하고 지옥에 떨어져 말을 할 수 없는 상태로 영원히 방랑해야 하는 저주를 받는다.
15) Petty Cury. 영국 케임브리지의 보행자 쇼핑 거리.
16) *The Old Wives' Tale*. 영국의 소설가 A. 베넷(1867~1931)의 소설. 영국 지방도시에 있는 양복점 주인의 딸 콘스탄스와 소피아 자매의 생애를 다룬 이야기.

렇게 말했을 것입니다. "이것은 모두 더없이 평범하잖아요. 이건 매일 벌어지는 일입니다. 이 사람들과 이들의 운명이 특별할 것이 없다면 이런 이야기를 왜 하는 것입니까?" 사람들이 대화 중에 이야기를 어떻게 꺼내는지 보면 이야기를 대하는 인간의 전 세계적이고 오래된 태도를 알 수 있습니다. 그들은 이렇게 말합니다. "내가 이제껏 본 것 중에서 가장 이상한 광경은…." 또는 "그것보다 더 이상한 일을 말해줄게요." 또는 "믿기 어려운 이야기를 들려주지." 이것이 19세기 이전 거의 모든 이야기의 정신이었습니다. 아킬레우스나 롤랑의 행위를 들려준 것은 그것이 예외적이고 과연 그럴 수 있을까 싶을 만큼 영웅적이었기 때문입니다. 어머니를 죽여야 하는 오레스테스의 부담을 들려준 것은 그 상황이 예외적이고 그럴 법하지 않았기 때문입니다. 성인聖人의 삶을 들려준 것은 그가 예외적이고 있을 법하지 않을 만큼 거룩했기 때문입니다. 오이디푸스나 베일린 경[17]이나 쿨레루보[18]의 불운을 들려준 것은 그 모두가 전례 없는 것이었기 때문입니다. 〈방앗간 주인의 이야기〉를 들려준 것은 그 이야기에서 벌어지는 일이 유

17) Balin. 아서왕 이야기에 나오는 비극적 기사. 뛰어난 기사였으나 요정의 검을 칼집에서 뽑았다가 저주에 사로잡혀 검을 찾으러 온 호수의 미녀를 죽이고 추방을 당한다. 수치를 씻고 실추된 명예를 되찾기 위해 방랑에 나서지만 그의 길에는 죽음과 불행이 따라다니고, 결국 서로를 알아보지 못한 채 동생과 싸움 끝에 서로 치명상을 입히고 죽고 만다.
18) Kullervo. 핀란드의 국민적 서사시 〈칼레발라〉의 등장인물. 잇따른 비극과 불운을 겪은 끝에 자살하는 노예.

별나게 말도 안 될 만큼 웃기기 때문이었습니다.

그렇다면, 우리가 모든 좋은 픽션은 사실성이 있어야 한다고 생각하는 과격한 사실주의자라면, 다음 둘 중 한 가지 노선을 취해야 할 것입니다. 한편 우리는 좋은 픽션이 두 번째 유형,《미들마치》와 같은 과에 속하는 작품들이라고 말할 수 있고, 이런 픽션들에 대해 '삶은 이와 같은 것'이라고 주저 없이 말할 수 있습니다. 하지만 그렇게 되면 우리는 거의 전 인류의 문학적 실천과 경험에 반대해야 하는 입장에 처하게 될 것입니다. 안전한 판단[19]. 그것은 너무나도 막강한 적수입니다. 거기 맞서지 않으려면 우리는 오이디푸스의 이야기처럼 예외적이고 이례적인 (따라서 놀라운) 일에 대한 이야기도 사실성이 있다고 주장해야 할 것입니다.

글쎄요. 우리가 아주 작심을 한다면, 그냥―순전히 그냥―뻔뻔하게 나갈 수도 있습니다. 그런 이례적인 이야기들은 암묵적으로 이렇게 말하고 있다고 주장할 수 있습니다. "이것조차 가능한 것이 삶이다. 은혜를 아는 탈옥수의 도움으로 부유하게 되는 상황도 생각할 수 있다. 사람은 베일린처럼 불운한 상황도 생각할 수 있다. 속임수에 넘어가 '노아의 홍수'가 다시 온다고 믿고 있던 어리석은 늙은 집주인이 누군가 뜨거운 보습날에 데여 '물!'이라고 외치는 소리를 듣

---

19) *Securus judicat orbis terrarum.* "온 세계는 안전한 판단을 한다"는 아우구스티누스의 말.

고 밧줄을 끊게 되는 상황도 생각할 수 있다. 도시가 목마 하나 때문에 점령되는 상황도 생각할 수 있다." 우리는 그 이야기들이 이런 말을 하고 있을 뿐 아니라 그 말이 진심이라고 주장해야 할 것입니다.

그러나 설령 이 모든 내용을 인정한다 해도—마지막 것은 받아들이기가 대단히 부담스럽습니다—제가 볼 때 이 입장은 전적으로 작위적입니다. 이것은 절박한 어떤 명제를 옹호하기 위해 지어낸 입장이고 우리가 그 이야기를 들을 때 경험하게 되는 바와는 상당히 동떨어진 입장입니다. 그리고 이 이야기들에서 "이것조차 가능한 것이 삶이다"라는 결론을 끌어낼 수 있다고 해도, 이 이야기들이 그런 결론을 요구한다고, 사람들이 그것을 위해 이 이야기들을 말하고 듣는다고, 그 결론이 있을 법하지 않은 우연적 사건 이상의 것이라고 믿을 사람이 있을까요? 이야기를 하는 사람들도 그렇고 (우리를 포함해) 이야기를 읽거나 듣는 사람들도 인간의 삶에 대한 그런 식의 일반론을 생각하고 있지 않으니까요. 다들 구체적이고 개별적인 것에 관심이 고정되어 있습니다. 특정한 사례에서 드러나는 평범하지 않은 두려움, 영광, 경이, 연민, 어리석음에 관심이 맞춰져 있지요. 이것들은 이후 사람의 삶을 밝혀 줄 어떤 빛을 비춰주어서가 아니라 그 자체로 중요합니다.

이런 이야기들이 잘 전달되면, 독자는 보통 '가설적 개연성'이라 부를 만한 것을 얻게 됩니다. 이야기에서 설정하는 초기 상황이 주어지면 어떤 일이 벌어질 개연성이 높은지 알게 되는 것입니다. 하지만 대체로 초기 상황 자체는 비판의 대상이 아닌 것처럼 취급됩니다. 지금보다 더 단순했던 시대에는 권위에 의거해 이야기의 초기 상황을 받아들였습니다. 선조들이 그것을 보증해 주었습니다. "나의 고전작가"[20] 또는 "이 지혜로운 옛 사람들" 말이지요. 시인들과 청중이 초기 상황에 의문을 제기하는 경우에는 그 상황을 역사적 사실을 대하듯 대합니다. 사실의 경우 픽션과 달리 충분히 잘 입증되기만 하면 개연성이 없어도 됩니다. 많은 경우 사실에는 개연성이 없습니다. 가끔 우리는 이 이례적인 이야기들에서 일반적인 삶에 대한 어떤 결론도 끌어내지 말라는 경고를 받기까지 합니다. 호메로스는 한 영웅이 거대한 돌을 들어올리는 대목에서, 그 돌이 요즘 같으면 둘이서도, 우리가 경험적으로 아는 세계의 어떤 두 사람도 들지 못할 무게였다고 말합니다.* 핀다로스는 헤라클레스가 히페르보레오스인들의 땅[21]을 보았다고 말하면서도 그곳으로 찾아가는 일은 상상하지 말라고 합니다.** 좀더 세련된 시대에는 이 상황을 당연한 것으로 받아들입니다. 리어 왕이 왕국을 나눠준다고, 〈방앗간 주인의 이야기〉의 '돈 많은 늙은이'가 남의 말에 더없이 잘 속는다고, 여자가 남자 옷을

---

20) auctour. 당대의 문학적 지형에 지대한 영향을 미친 작품들을 써낸 작고한 고전 저자.
* 《일리아스Iliad》, 5권, 302 이하.
21) 그리스신화에서 북극 너머에 있다는 이상향.
** Olympian iii, 31; Pythian X, 29 이하.

오독誤讀

입으면 연인을 제외한 누구도 금세 못 알아보게 된다고, 가장 의심스러운 등장인물들이 가장 가깝고 가장 아끼는 이들에 대해 늘어놓는 여러 중상을 주인공이 덥석 믿는다고 '해두자'는 겁니다. 저자가 "이것은 실제로 일어날 수 있는 일"이라고 말하는 것이 아님이 분명하지 않습니까? 그가 그렇게 말한다면 거짓말이 분명하겠지요. 물론 그는 그렇게 말하지 않습니다. 그는 "이런 일이 벌어졌다고 해보자. 그 결과가 얼마나 흥미롭고 감동적이겠는가?"라고 말하는 것입니다. 당연하게 받아들이는 것 자체에 의문을 제기하는 것은 오해로 인한 경우입니다. 그것은 트럼프가 왜 트럼프여야 하는지 묻는 것과 같습니다. 몹사[22]는 바로 이런 종류의 일을 합니다. 요점은 그것이 아닙니다. 이야기의 존재 이유는 이야기를 따라가면서 울거나 전율하거나 놀라거나 웃게 되는 것, 그 자체입니다.

이런 이야기들을 과도하게 사실주의적인 문학 이론 안에 억지로 구겨 넣으려는 시도는 제가 볼 때 잘못된 것입니다. 이런 이야기들은 어떤 중요한 의미에서도 우리가 아는 삶의 재현이 아니며, 그런 이유로 가치 있게 여겨졌던 적이 한 번도 없습니다. 이상한 사건들은 있을 법하지 않은 상황에 현실이 어떻게 반응하는지 보여 줌으로써 현실에 대한 지식을 확보하게 하려고 일부러 가설적 개연성의 옷을 입

---

22) 《겨울 이야기》에 나오는 양치기 소녀.

은 것이 아닙니다. 오히려 그와 정반대입니다. 가설적 개연성을 끌어들인 것은 이상한 사건들을 온전하게 상상하도록 만들기 위해서입니다. 햄릿이 유령과 마주한 것은 그의 반응을 통해 그의 본성과 인간 본성 일반에 대해 더 알리고자 설정된 상황이 아닙니다. 그가 유령에게 자연스럽게 반응하는 모습으로 등장한 이유는 독자가 유령을 받아들이게 하기 위해서입니다. 모든 문학이 내용의 사실주의를 갖추어야 한다는 요구는 유지될 수 없습니다. 이제껏 세상에서 나온 위대한 문학 대부분은 그렇지 않았습니다. 그러나 우리가 적절하게 내세울 수 있는 전혀 다른 요구가 있습니다. 모든 책이 내용상 사실주의적이어야 하는 것은 아니지만, 자기가 가장하는 정도만큼 내용의 사실주의를 갖추어야 한다는 것입니다.

이 원리가 늘 이해되는 것은 아닌 듯합니다. 세상에는 사실주의적 작품이 우리가 현실을 감당하도록 준비시켜 준다고 보고 모든 사람에게 사실주의적 작품을 추천하고, 동화와 로맨스는 "인생에 대해 잘못된 그림을 제시하기—다시 말해, 독자들을 속이기—때문에 할 수만 있다면 아이들에게는 동화를, 어른들에게는 로맨스를 금지하고 싶어 하는 진지한 사람들이 있습니다.

저는 자기 본위의 공상에 대해 앞에서 이미 말한 내용이 이 오류에 대한 경고가 된다고 믿습니다. 속고 싶어 하는 사람들은 자기가 읽고 있는 책에서 최소한의 피상적이거나 표면적인 '내용의 사실주의'를 늘 요구합니다. 그러나 그런 시늉에 불과한 사실주의는 단순한 공상가나 속여 넘기지 문학적 독자는 속이지 못할 것입니다. 그를 속이려면 훨씬 미묘하고 세심한 문장으로 현실과 비슷하게 그려내야 할 것입니다. 그러나 어느 정도의—독자의 지성에 걸맞은 정도의—내용상의 사실주의 없이는 속임 자체가 일어나지 않을 것입니다. 자신이 진실을 말하고 있다고 생각하게 만들지 않고서는 사람을 속일 수 없습니다. 노골적으로 낭만적인 작품은 겉보기에 사실주의적인 작품보다 속이는 힘이 훨씬 덜합니다. 공공연한 환상문학은 결코 속이지 않는 종류의 문학입니다. 어린이들은 요정 이야기에 속지 않지만 학교를 다루는 이야기에 흔히 심각하게 속지요. 어른들은 공상과학 소설에 속지 않지만 여성잡지에 실린 이야기에는 속을 수 있습니다. 우리 중 누구도 《오디세이아》, 《칼레발라》, 《베오울프》, 또는 맬러리(의 아서왕 이야기)에 속지 않습니다. 진짜 위험은 모든 것이 그럴 듯해 보이지만 사실은 인생에 대한 모종의 사회적·윤리적·종교적·반종교적 견해를을 전달하기 위해 고안된 진지한 소설 속에 도사리고 있습니다. 그런 진술 중 적어도 일부는 그릇된 것이 틀림없기 때문입니다. 분명히 어떤 소설도 최고 유형의 독자를 속이지는 못할 것입니다. 그는 절대 예술을 현실이나 철학으로 오인하지 않습니다. 그는 책을 읽는 동안 각 저자의 관점을 받아들이거나 거부하지 않으며 필요할 때는 자신의 불신과 (혹은 더 힘든) 믿음을 유예하고 저자의 관점 안으로 들어갈 수 있습니다. 그러나 다른 독자들에게는 이 능력이 없습니다. 그들의 오류를 자세히 따지는 일은 다음 장으로 미루겠습니다.

리얼리즘에 대하여

89

끝으로, 도피주의라는 낙인에 대해서는 무슨 말을 해야 할까요?

한 가지 분명한 의미에서는 종류를 막론하고 모든 독서가 도피입니다. 책을 읽을 때 독자의 정신은 실제 환경에서 벗어나 작가가 상상하거나 지어낸 세계로 일시적으로 이동하게 됩니다. 픽션을 읽을 때 못지않게 역사나 과학을 읽을 때도 그런 일이 벌어집니다. 이런 도피는 모두 같은 것, 다시 말해 즉각적이고 구체적인 '현실로부터'의 도피입니다. 중요한 문제는 우리가 어디로 도피하는가, 이것입니다. 어떤 이들은 자기 본위의 공상으로 도피합니다. 이것은 그리 유익하지는 않아도 무해한 기분전환이 될 수도 있고, 잔인하고 외설적이며 과대망상적인 기분전환이 될 수도 있습니다. 또 어떤 이들은 단순한 놀이나 여흥물로 도피할 수도 있는데, 그것 자체가《한여름 밤의 꿈》이나 〈수녀원 신부의 이야기〉[《캔터베리 이야기》에 실린 이야기 중 하나]처럼 정교한 예술 작품일 수 있습니다. 또 다른 이들은《아르카디아*Arcadia*》, 〈목자의 님프The Shepherd's Sirena〉,[23] 〈노수부의 노래〉 등의 '안내를 받아' 제가 사심 없는 공상이라 부르는 상태로 도피합니다. 그리고 또 다른 이들은 사실주의 픽션으로 도피합니다. 왜냐하면 크랩[24]이 충분히 인용되지 않았던 대목*에서 지적한 대로, 암울하고 괴

---

23) 영국의 시인 마이클 드레이턴(Michael Drayton, 1563~1631)의 목가시.
24) George Crabbe, 1754~1832. 영국의 목사, 시인.
* *Tales*, Preface, para. 16.

오독誤讀

로운 이야기가 실제의 곤경에 처한 독자에게 완전한 도피처를 제공할 수도 있으니까요. 우리의 관심을 '생활'이나 '현재의 위기'나 '시대'에 고정시키는 픽션도 이런 일을 할 수 있습니다. 결국 이런 것들도 구성물, 정신적 실체entia rationis이지, '지금 여기'에 있는 사실들, 나의 불편한 복통, 이 방에 부는 찬바람, 내가 채점해야 하는 시험지 더미, 내가 지불하지 못하는 청구서, 어떻게 답장해야 할지 모르는 편지, 먼저 떠난 배우자, 또는 짝사랑과 같은 종류의 사실들이 아니거든요. 책이 다루는 '시대'를 생각할 때 저는 이런 것들을 잊어버립니다.

그렇다면 도피escape는 좋건 나쁘건 많은 종류의 독서에 공통적으로 담긴 요소입니다. 그리고 우리는 여기에 '주의-ism'를 덧붙임으로써 너무 자주, 또는 너무 오랫동안, 또는 잘못된 대상으로 도피하거나, 적절한 행동이 필요한 지점에서 행동하는 대신 도피하여 진정한 기회를 방치하고 진정한 의무를 회피하는 굳은 습관을 나타내는 것 같습니다. 만약 그렇다면 각 사례를 나름의 장단점에 따라 판단해 보아야 할 것입니다. 도피가 반드시 도피주의와 이어지는 것은 아닙니다. 우리를 불가능한 영역들로 가장 깊숙이 이끌고 가는 저자들—시드니, 스펜서, 모리스—은 현실 세계에서 적극적이고 활발하게 살아갔던 사람들이었습니다. 르네상스와 영국의 19세기, 즉 문학적 환상을 담은 작품이 왕성하게 출간된 시기는 엄청난 에너지로 가득한 때였습니다.

아주 비사실주의적인 작품이 도피주의라는 비난은 때로 어린애 같다거나 (요즘의 용어로 말하자면) '유치증infantilism'이 보인다는 비난으로 변주되거나 강화되기 때문에, 그 모호한 비난에 대해 한마디 하는 것이 잘못된 일은 아닐 것입니다. 두 가지 점을 지적해야겠습니다.

첫째, 환상문학(동화Märchen를 포함한)과 유년기를 연계시키는 생각, 어린이들이 이런 종류의 작품에 걸맞은 독자라거나 이런 작품은 아이들이 읽기에 적절하다는 믿음은 근대적이고 지엽적인 것입니다. 위대한 환상문학과 요정 이야기 대부분은 아이들이 아니라 모든 사람을 대상으로 한 것이었습니다. 톨킨 교수는 이 문제의 실정을 밝혀 준 바 있습니다.* 어떤 종류의 가구들은 어른들 사이에서 유행이 지나면서 유아방으로 넘어왔는데, 요정 이야기가 그와 비슷한 일을 겪었습니다. 유년기와 신기한 이야기 사이에 특별한 친화성이 있다고 상상하는 것은 유년기와 빅토리아 시대 소파 사이에 특별한 친화성이 있다고 상상하는 것과 같습니다. 오늘날 어린이들과 소수의 성인들만 그런 이야기를 읽는다면, 그것은 어린이들이 그런 이야기를 특별히 좋아해서가 아니라 문학적 유행에 무관심하기 때문입니다. 우리가 아이들에게서 보는 것은 특별히 유치한 취향이 아니라, 그보다 나이든 어른들 안에서 유행 때문에 일시적으로 위축된 정상적이고 영구적인 인간의 취향일 뿐입니다. 어린이들이 아니라 우리 쪽의 취

* 'On Fairy-Stories', Essays presented to Charles Williams (1947), p. 59.

오독誤讀

향에 설명이 필요한 것이지요. 그런데 이렇게 말하는 것도 사실은 지나친 감이 있습니다. 엄격하게 사실대로 말하자면, 우리는 일부 아이들이 일부 어른들처럼 이 장르를 좋아하고, 많은 아이들은 많은 어른들처럼 이 장르를 좋아하지 않는다고 말해야 합니다. 우리는 소위 적절한 '연령층'에 따라 책을 분류하는 현대의 관행에 속지 말아야 합니다. 그런 분류 작업을 진행한 사람들은 문학의 진정한 본질에 별 관심도 없고 문학의 역사를 썩 잘 알지도 못합니다. 그런 분류는 교사들과 사서들, 그리고 출판사 홍보부서의 편의를 위해 대충 경험에 의거해 작성한 것입니다. 그 자체로도 오류의 여지가 있고 그것을 반박하는 (양방향 모두에서) 사례들은 매일 등장합니다.

둘째, '어린애 같은'이나 '유치한' 같은 단어를 비난의 용어로 쓰려면, 그 단어들이 우리가 성장하면서 유년기에서 벗어났을 때 더 나아지거나 행복해지는 경우의 유년기의 특징들만 가리키도록 해야 합니다. 제정신의 사람이라면 누구나 할 수만 있다면 간직할 특징들, 어떤 이들은 운 좋게도 간직한 유년기의 특징들은 배제해야 합니다. 신체적 단계에서 이것은 분명합니다. 우리는 성장하면서 유년기의 나약한 근육을 벗게 되고 그것을 기쁘게 생각합니다. 그러나 유년기의 에너지, 숱이 많은 머리, 쉽게 드는 잠, 빠른 회복력은 부러워합니다. 그런데 다른 단계에서도 마찬가지가 아닐까요? 우리가 대부분의 어린아이들처럼 변덕스럽고 뽐내고 질투하고 인정 없고 무지하고 쉽게 겁을 먹는 상태에서 빨리 벗어날수록 우리에게나 이웃들에게나 더 좋습니다. 그러나 제정신이라면 누가, 그 지칠 줄 모르는 호기심, 강렬한 상상력, 불신을 유예할 수 있는 능력, 손상되지 않은 욕구, 기꺼이 놀라워하고 연민을 느끼고 감탄하는 상태를 간직하고 싶지 않겠습니까? 제정신이라면 말입니다. 성장 과정의 가치는 우리가 잃어버리는 것이 아니라 얻는 것에서 찾아야 합니다. 사실적인 것에 대한 취향을 가지지 못하는 일은 안 좋은 의미에서 아이 같은 것입니다. 경이와 모험에 대한 사랑을 잃어버리는 것이 축하할 일이 아닌 것은 이, 머리카락, 미각을 잃고 마침내 희망도 잃는 것이 축하할 일이 아닌 것과 같습니다. 우리는 왜 미성숙함의 결점에 대해서는 그렇게 많이 들으면서 노쇠의 결점에 대해서는 많이 듣지 못하는 것일까요?

유치증이 드러나는 작품을 비난할 때는 우리가 무슨 의미로 그 말을 하는지 주의해야 합니다. 그 작품이 드러내는 취향이 흔히 인생의 초기에 나타난다는 의미일 뿐이라면, 그것은 안 좋은 말이 아닙니다. 어떤 취향이 나쁜 의미에서 어린애 같다는 것은 그 취향이 어린 나이에 생겨서가 아니라 그 안에 뭔가 본질적인 결함이 있어서 가능한 한 빨리 사라져야 마땅하다는 의미이기 때문입니다. 우리가 그런 취향을 '어린애 같다'고 부르는 것은 어린 시절에는 그것이 용납이 되기 때문이지 어린 시절에 종종 그것이 획득되어서가 아닙니다. 흙먼지와 불결함에 무관심한 일이 '어린애 같은' 이유는 그것이 건강에 해롭고 불편하므로 빨리 벗어나야 하기 때문입니다. 빵과 꿀에 대한 기호도 똑같이 철부지 시절에 생겨나지만 그것을 어린애 같다고 말하지는 않습니다. 만화에 대한 기호가 아주 어린 나이에만 용납이 되는 것은 끔찍한 데생 실력과 인간미를 찾아볼 수 없는 조악함, 지루한 내레이션을 묵인해야 하기 때문입니다. 놀라운 것들에 대한 기호를 같은 의미에서 어린애 같다고 말하려면, 그와 비슷하게 본질적 나쁨을 보여 주어야 합니다. 우리의 다양한 특성들이 생겨나는 시점은 그 특성들의 가치를 보여 주는 측정기가 아닙니다.

만약 우리의 다양한 특성들이 생겨나는 시점이 그것들의 가치를 알려준다면, 아주 흥미로운 결과가 따라올 것입니다. 연소함을 경멸하는 것은 연소자 특유의 모습입니다. 여덟 살배기는 여섯 살배기를 멸시하고 자신이 큰 소년이라는 사실을 기뻐합니다. 초중학생은 아이가 되지 않으려고, 고등학교 1학년생은 중학생이 되지 않으려고 단단히 작심을 합니다. 우리가 젊은 시절의 모든 특징을 그 자체의 장단에 따라 검토해 보지도 않고 박멸하기로 작정한다면, 여기—젊은 나이 특유의 연대기적 속물주의[25]—에서 출발하면 될 것 같습니다. 그렇게 되면 어른이라는 상태에 너무나 많은 중요성을 부여하고 우리가 아주 젊은 사람들과 공유할 수 있는 일체의 즐거움에 두려움과 수치심을 불어넣는 비평이 과연 설자리가 있을까요?

---

25) 나중에 나온 것은 무조건 이전 것보다 낫다는 생각. 이전 것은 이전 것이라는 이유만으로 뒤떨어진 것이라는 생각.

VIII

문학적 독자들의 오독

이제 우리는 제가 지난 장에서 미뤄두었던 요점으로 돌아가야 합니다. 우리는 문학적 독자와 비문학적 독자의 구분을 가로지르는 독서상의 잘못을 하나 생각해 보아야 합니다. 문학적 독자들 중에도 그 잘못을 저지르는 이들이 있고, 비문학적 독자 중에서도 그렇지 않은 이들이 있습니다.

본질적으로 여기에는 삶과 예술에 대한 혼동, 심지어 예술의 존재를 받아들이지 못하는 실패가 들어 있습니다. 이런 혼동의 가장 조악한 형태는 연극을 관람하다 무대 위의 악당에게 총을 쏜 시골뜨기의 이야기에서 웃음거리로 등장합니다. 선정적인 이야기를 원하지만 그것이 '뉴스'로 제시되지 않으면 받아들이지 않는, 가장 수준 낮은 독자에게서도 이런 혼동을 볼 수 있습니다. 좀더 높은 수준에서는 모든 좋은 책이 좋은 이유는 주로 우리에게 지식을 제공하고 '삶'에 대한 '진실'을 가르쳐주기 때문이라는 믿음으로 등장합니다. 극작가들과 소설가들은 본질적으로 한때 신학자들과 철학자들의 몫이었던 역할을 감당하는 것처럼 찬사를 받고 그들의 작품이 창조와 구상의 소산으로서 갖는 특징은 무시됩니다. 그들은 교사로 존경

오독誤讀

을 받고 예술가로서는 제대로 인정받지 못합니다. 드퀸시의 분류로 말하자면 한마디로, 힘의 문학literature of power이 지식의 문학literature of knowledge의 일종으로 취급되는 것입니다.[1]

픽션을 지식의 원천으로 삼는 한 가지 방식—엄격하게 문학적인 것은 아니지만 특정 연령에서는 용납이 되고 흔히 일시적인—은 고려 대상에서 제외하고 시작해도 될 것 같습니다. 열두 살부터 스무 살 사이의 연령대에서는 다들 소설을 통해 많은 잘못된 정보와 더불어 우리가 사는 세상에 대한 엄청난 정보를 습득합니다. 여러 나라의 음식, 옷, 관습과 기후, 다양한 직업의 속사정, 여행 방법, 예절, 법률, 정치 조직에 대한 정보 말이지요. 생활철학이 아니라 소위 '일반 지식'을 얻고 있는 것입니다. 특정한 경우에는 성인 독자의 경우에도 픽션이 이런 역할을 할 수 있습니다. 형벌이 가혹한 나라에서 사는 사람은 영국의 탐정소설을 읽고 사람은 유죄로 입증되기 전까지는 무죄라는 원칙을 알게 될 수도 있습니다.(이런 의미에서 그런 이야기들은 진정한 문명을 알리는 위대한 증거입니다.) 그러나 일반적으로 나이가 들면 픽션의 이런 용도를 버리게 됩니다. 픽션이 채워 주던 호기심들은 진즉에 해결되거나 그냥 사라져 버리고, 궁금한 것들이 남아 있다 해

---

1) 영국의 비평가 겸 소설가인 드퀸시(Thomas De Quincey, 1785~1859)는 문학을 지식의 문학과 힘의 문학으로 구분했고, 사람의 마음을 움직이는 힘, 즉 감동력을 가진 문학을 중시했다.

도 더 신뢰할 만한 출처에서 정보를 얻고자 합니다. 젊은 시절에 비해 새로운 소설을 집어들고 싶은 마음이 덜 드는 이유가 여기에 있습니다.

이런 특별한 사례를 배제했으니, 이제 진짜 주제로 돌아가 보겠습니다.

비문학적 독자 중 일부가 예술을 실생활에 대한 기록으로 오인하는 것은 분명합니다. 앞에서 보았다시피, 책 읽기가 책의 안내를 받아 이루어지는 자기 본위의 공상에 해당하는 사람들은 필연적으로 그렇게 오인하기 마련입니다. 그들은 속고 싶어 합니다. 책 속의 아름다운 일들이 자신에게 실제로 벌어진 것은 아니지만 그럴 가능성은 있다고 느끼고 싶어 합니다.("그 이야기에서 공작이 여공에게 반한 것처럼 그 사람도 나에게 반할지도 몰라.") 그러나 이런 상태와 전혀 상관없는—그런 상태로부터 다른 누구보다 더 안전한—비문학적 독자들이 많다는 것도 똑같이 분명한 사실입니다. 단골 식료품 가게 주인이나 정원사에게 한번 실험을 해보십시오. 책을 별로 안 읽었을 테니 책을 가지고 실험을 하기는 어렵겠지만, 우리의 목적상 영화로 실험을 해도 무방할 것입니다. 어떤 영화의 해피엔딩이 너무나 개연성이 없다고 그에게 불평하면 그는 아마 십중팔구 이렇게 대답할 것입니다. "아. 만드는 사람들이 이야기를 좋게 끝맺고 싶어서 그 부분을 넣은 것 같아요." 남성적인 모험 이야기에 밀어 넣은 지루하고 피상적인 연애에 대해 불평하면, 그는 이렇게 대답할 것입니다. "아 그거요. 있잖

오독誤讀

아요, 영화 만드는 사람들이 흔히 그런 부분을 넣더라고요. 여자들이 좋아하잖아요." 그는 영화가 지식이 아닌 예술이라는 사실을 더없이 잘 압니다. 어떤 의미에서 그의 비문학성이 그 둘을 혼동하는 오류로부터 지켜준다고 말할 수 있습니다. 그는 영화를 일시적이고 그리 중요하지 않은 오락물 이상의 것으로 생각한 적이 없습니다. 그 이상의 것을 제공하는 예술 작품이 있을 거라고는 꿈도 꾸지 않았습니다. 그는 배우기 위해서가 아니라 긴장을 풀기 위해 영화를 보러 갑니다. 영화를 통해 현실 세계에 대한 견해가 조금이라도 바뀔 수 있다는 생각은 그에게 터무니없게 보일 것입니다. 그가 바보라고 생각하십니까? 예술에서 생활로 화제를 바꿔 그와 잡담을 나누고 협상을 해보십시오. 그러면 그가 더 바랄 수 없을 만큼 빈틈없고 현실적인 사람이라는 것을 알게 될 것입니다.

오히려 우리는 문학적 독자들 사이에서 이러한 오류가 미묘하고 특별히 은밀한 방식으로 존재하는 것을 발견하게 됩니다. 제가 가르치는 학생들이 제게 비극(그들은 일부러 시키지 않으면 이런저런 비극 작품에 대해 잘 이야기하지 않았습니다)에 대해 말할 때, 비극이 주로 '삶'에 대한 비극적 '견해'나 '의미' 또는 '철학'이라 불리는 것을 전달하기 때문에 귀중하고 접해 볼 가치가 있다고 그들이 여긴다는 것을 때때로 발견했습니다. 이 내용은 다양한 방식으로 묘사가 되지만, 가장 널리 퍼진 견해는 두 가지로 구성되는 것 같습니다. (1) 큰 불행은 주로 괴로움을 겪는 사람의 결함에서 나온다. (2) 이 불행이 극단에 이르면 인간, 또는 우주 안에 있는 어떤 영광을 드러내게 된다. 불행이 주는 고통이 크기는 하지만, 적어도 천박하고 무의미하거나 그저 사람을 우울하게 만드는 데 그치지는 않는다는 것이지요.

그런 명분과 결말이 따라오는 불행이 현실에서 일어날 수 있다는 사실은 누구도 부인하지 않습니다. 그러나 비극을 "인간의 전형적이거나 통상적이거나 궁극적 형태의 불행이다"라는 결론을 내리게 한다는 의미에서 삶에 대한 진술로 받아들여야 한다면, 그 순간 비극은 저 보고 싶은 것만 보는 허튼소리가 됩니다. 성격적 결함이 고통을 초래하는 것은 분명합니다만, 폭탄과 총검, 암과 소아마비, 독재자와 난폭 운전자, 화폐 가치의 등락이나 고용 상황의 변화, 그 외에 무의미한 우연의 일치는 훨씬 더 많은 고통을 초래합니다. 통합된 인격을 갖추고 적응력이 뛰어나며 신중한 사람들에게도 누구 못지않은 시련이 닥칩니다. 진짜 불행은 "모든 격정이 사라져 차분한 마음으로" 커튼이 내려오거나 북소리가 들려오면서 끝나지 않습니다. 죽어가는 사람들이 위엄 있는 마지막 말을 남기는 경우는 드뭅니다. 그들이 죽는 모습을 지켜보는 우리는 비극적인 사망 장면에 나오는 조연들처럼 행동하지도 않습니다. 불행히도 연극은 끝나지 않으니까요. 우리에게는 '전원 퇴장'이 없습니다. 진짜 이야기는 누군가의 죽음으로 끝나지 않습니다. 장의사에게 전화를 걸어야 하고, 청구서를 지불하고 사망증명서를 발급받고 유언장을 찾아내어 입증하고 애도의 편지에 답장을 써야 합니다. 장엄함도 최종성도 없습니다. 진짜 슬픔은 쿵 소리나 훌쩍거림으로 끝나지 않습니다. 때로는 단테처럼 영혼의 여행 끝에 중심으로 내려갔다가 이어지는 비탈을 타고 체념한 채 고통의 산에 오르면 평화에 이르게 될지도 모릅니다. 그러나 그것은 슬픔 못지않게 가혹한 평화일 것입니다. 때로 그것은 평생 남아, 점점 얕아지지만 마음속에서 더욱 넓어지고 더 해로운 물웅덩이가 됩니다. 때로는 다른 감정들이 그렇듯 그냥 서서히 사라지기도 합니다. 가혹한 평화에 이르는 결말에는 장엄함이 있지만 비극적 장엄함은 아닙니다. 평생 마음속 웅덩이로 남거나 그냥 사라지는 결말—추하고 느리고 진부하고 별 볼일 없는 과정—은 극작가에게 아무 쓸모가 없을 것입니다. 비극 작가는 고뇌와 하찮음, 온갖 굴욕과 (연민의 대상이라는 점을 제외하고는) 시시함이 담긴 슬픔이 한데 섞여 보기 흉하게 나타나는 고통의 총체성을 감히 드러내지 못합니다. 잘못했다간 연극을 망치게 될 테니까요. 연극은 지루하고 우울하기만 할 것입니다. 비극 작가는 현실에서 그의 예술에 필요한 것만 골라내는데, 이것들은 예외적인 요소입니다. 반대로, 비극적 장엄함에 대한 생각을 가지고 진짜 슬픔에 빠진 사람에게 접근하여 그가 지금 '왕홀을 들고 망토를 두르고 있다'고 암시하는 것은 어리석은 정도가 아니라 끔찍한 일일 것입니다.

슬픔이 없는 세상 다음으로 우리가 원하는 곳은 슬픔이 언제나 의미심장하고 숭고한 세상일 것입니다. 그러나 우리가 '비극 속의 인생관'을 받아들여 그런 세상에서 살고 있다고 믿게 된다면 우리는 속게 될 것입니다. 우리 눈이 더 잘 가르쳐 줍니다. 이 세상에서 울어서 비뚤어진 다 큰 남자의 얼굴보다 더 추하고 채신없는 것이 어디 있겠습니까? 그리고 그 배후에 놓인 것도 그리 나을 바가 없습니다. 슬픔에는 왕홀도 망토도 없습니다.

삶의 철학으로 받아들인 비극이 모든 소망충족 가운데 가장 완고하고 잘 위장되는 것임은 부인할 수 없는 것 같습니다. 너무나 현실적으로 보이는 주장을 내세우기 때문입니다. 자신이 최악의 상황에 직면했다는 주장 말입니다. 최악의 상황에 직면했지만 모종의 숭고함과 의미심장함이 남아 있다는 결론은, 마지못해 말하는 것처럼 보이는 증인의 증언만큼이나 설득력 있게 보입니다. 그러나 자기가 최악의 것─어쨌거나 가장 흔한 종류의 '최악'─에 직면했다는 주장은 제가 볼 때 두말할 것도 없이 잘못된 것입니다.

이 주장이 일부 독자들을 속이는 것은 비극 작가들의 잘못이 아닙니다. 비극 작가들은 그런 주장을 한 적이 없으니까요. 이 주장은 평론가들이 내세웁니다. 비극 작가들은 자신들의 주제를 위해 자신이 구사하는 예술에 적합한 이야기들(흔히 신화적이고 불가능한 것들에 근거한)을 선택합니다. 그런 이야기들은 정의상 이례적이고 놀라우며, 여러 다양한 방식으로 그 목적에 맞게 각색된 것입니다. 몇몇 이야기들이 숭고함과 만족스러운 대단원을 갖추고 있는 이유는 그런 구조가 인간 불행에 특징적으로 나타나서가 아니라 좋은 희곡에 필요하기 때문입니다.

어쩌면 이런 비극관 때문에 많은 젊은이들이 비극은 희극보다 본질적으로 '현실에 더 충실'하다는 믿음을 갖게 되는 것 같습니다. 제가 볼 때 이 믿음은 아무런 근거가 없습니다. 희극과 비극 모두 현실에서 각기 필요로 하는 종류의 사건들만 골라냅니다. 원재료는 이리저리 뒤섞인 채로 주위에 온통 흩어져 있습니다. 희극과 비극을 만드는 것은 철학이 아니라 선택, 고립, 정형화입니다. 희극 작품과 비극 작품이 서로 모순되지 않는 것은 같은 정원에서 꽃을 꺾어 만든 두 개의 꽃다발이 서로 모순되지 않는 것과 같습니다. 모순은 (극작가가 아닌) 우리가 희극이나 비극을 "인생이란 이런 것이다" 같은 명제로 바꿀 때만 발생합니다.

희극이 비극보다 현실에 충실하지 않다고 생각하는 사람들이 자유분방한 익살극笑劇, farce은 대체로 현실적이라고 여기는 것이 이상해 보일 수 있습니다. 저는 초서가 《트로일루스와 크리세이드》에서 음담패설fabliaux로 넘어갈 때 현실에 더 가까이 다가간다는 견해를 종종 접했습니다. 저는 이런 견해가 표현의 사실주의와 내용의 사실주의를 구분하지 못해서 생겨난다고 봅니다. 초서의 익살극은 표현의 사실주의가 풍부하지만 내용의 사실주의는 빈약합니다. 크리세이드와 앨리슨2)은 똑같이 있을 법한 여자들이지만, 《트로일루스와 크

---

2) 《캔터베리 이야기》 중 〈방앗간 주인의 이야기〉에 나오는 늙은 목수의 젊은 아내.

리세이드》에서 벌어지는 일이 〈방앗간 주인의 이야기〉에서 벌어지는 일보다 훨씬 더 그럴 듯합니다. 익살극의 세계는 목가극의 세계만큼이나 이상적입니다. 전혀 터무니없는 우연의 일치도 모두 용인되고 모든 것이 합력하여 웃음을 만들어 내는 농담의 낙원입니다. 현실은 좀처럼 잘 만들어진 익살극이 되지 못하고, 몇 분 이상 그 상태를 유지하는 경우는 절대 없으며 그만큼 웃기지도 않습니다. 그래서 사람들은 실제 상황의 희극성을 강하게 인정할 때 "연극이나 다름없다as good as a play"는 표현을 쓰는 것입니다.

세 가지 예술 형식 모두 각 분야에 맞게 현실에서 일정한 부분을 덜어냅니다. 비극은 흔히 현실의 슬픔에서 위엄을 앗아가는 진짜 불행의 투박하고 무의미한 폭력과 따분한 하찮음을 생략합니다. 희극은 연인들의 결혼이 언제나 완벽한 행복으로 이어지지 않는다는 것과 영속적인 행복으로 이어지는 것도 아니라는 사실을 무시합니다. 익살극은 현실의 경우라면 동정을 받을 만한 상황에서 그 대상들에 대한 동정을 배제합니다. 셋 중 어느 것도 삶 전반에 대한 진술을 하지 않습니다. 세 가지 모두 구성물입니다. 현실의 재료로 만들어진 상황들이요, 삶에 대한 진술이 아니라 삶에 덧붙여진 것들입니다.

이 지점에서 저는 오해를 받지 않도록 아주 조심해야 합니다. 위대한 예술가—또는 위대한 문학적 예술가—는 사상이나 감정에서 얄팍한 사람일 수가 없습니다. 그가 아무리 그럴듯하지 않고 비정상적인 이야기를 골랐다 해도, 그 이야기는 그의 손 안에서 "생명력을 얻습니다." 그 생명력에는 저자의 모든 지혜와 지식과 경험이 스며 있을 것입니다. 저로서는 저자가 실제 생명에 대해 느끼는 풍미와 '특징'이라고 모호하게 묘사할 수밖에 없는 무엇인가가 그 안에 더 많이 스며 있습니다. 작품 곳곳에 있는 이 풍미와 특징 때문에 나쁜 작품들은 우리를 너무나 감상적이고 숨 막히게 만드는 반면, 좋은 작품들은 원기를 회복시켜 줍니다. 좋은 작품들은 독자가 모종의 열정적인 분별력을 일시적으로 공유하게 해줍니다. 그리고 그보다는 덜 중요하지만, 우리는 그 작품들 안에서 많은 심리학적 진실들과 심오하거나 적어도 심오하게 느껴지는 성찰을 기대할 수 있습니다. 그러나 이모든 것은 우리에게 예술 작품인 희곡의 '정신spirit'(이 단어를 유사화학적 의미로 써서)으로 다가오는데, 작가에게서 불려나온 것일 가능성이 있습니다. 이것을 철학으로 형식화하고 (비록 합리적 철학이라 해도) 실제 희곡이 주로 그 철학의 매개물이라고 여기는 것은 시인이 우리를 위해 만든 것에 대한 모욕입니다.

저는 '만들다'와 '것'이라는 단어를 의도적으로 쓰고 있습니다. 우리는 한 편의 시가 "의미해선 안 되고 존재해야 하느냐"는 질문을 언급했지만 거기에 답하지는 않았습니다. 좋은 독자가 비극 작품—그는 '비극' 같은 추상 개념에 대해서는 많이 말하지 않을 것입니다—을 진리의 매개물로만 대하지 않을 수 있는 것은 그 작품이 의미할 뿐 아니라 존재하기도 한다는 지속적인 인식이 있기 때문입니다. 그것은 로고스logos(말해진 것)이자 포이에마poiema(만들어진 것)입니다. 소설이나 이야기 시의 경우도 마찬가지입니다. 이것들은 복잡하고 주의 깊게 만든 대상입니다. 대상으로서의 작품들 자체에 주목하는 것이 우리의 첫 번째 걸음입니다. 작품이 우리에게 암시할 수 있는 성찰이나 그로부터 우리가 끌어낼 교훈 때문에 작품을 귀하게 여기는 것은 '수용'이 아니라 '사용'의 명백한 사례입니다.

　제가 말하는 '대상'의 의미는 모호하게 남아 있을 필요가 없습니다. 모든 좋은 픽션에서 볼 수 있는 주된 성취는 진리나 철학이나 세계관Weltanschauung과 아무 관련이 없습니다. 그것은 종류가 다른 두 순서를 절묘하게 조화시킨 결과물입니다. 좋은 픽션의 사건들(단순한 플롯)에는 현실에서 있을 법한 연대기적이고 인과적인 순서가 있습니다. 그런가 하면 해당 작품의 모든 장면이나 기타 구분들은 '구성의 원리'에 따라 그림의 양감이나 교향곡의 악절들처럼 서로 이어져 있습니다. 우리의 감정과 상상력은 작품을 따라가면서 "가장 자연스러운 변화를 보여 주는 이런저런 스타일을 차례로" 거쳐야 합니다. 더 어두운 것과 밝은 것, 더 빠른 것과 느린 것, 더 소박한 것과 세련된 것 사이의 대조(와 징조와 반향)에는 균형이 필요합니다만, 그렇다고 너무 완벽한 대칭이어서는 안 됩니다. 그래야만 전체 작품의 형태가 필연적이고 만족스럽게 느껴질 것입니다. 하지만 이 작품 구성상의 순서 때문에 연대기적 인과적 순서를 혼동하면 안 됩니다.《햄릿》서두에 나오는 '무대'에서 궁전 장면으로의 전환,《아이네이스》2권과 3권에 아이네아스의 이야기를 배치한 것,《실낙원》제1편과 2편에서의 어둠이 제3편의 상승으로 이어지는 것이 간단한 사례입니다. 필요조건은 또 있습니다. 순전히 다른 대상을 위해서만 존재하는 것들은 가능한 한 분량이 적어야 합니다. 모든 삽화, 설명, 묘사, 대화가—이상적이기는 모든 문장이—그 자체로 즐겁고 흥미진진해야 합니다. 콘래드Joseph Conrad의 《노스트로모Nostromo》[3]의 결점은 너무나 많은 유사 역사를 읽은 후에야 중심 주제에 이르게 된다는 것입니다. 그곳의 역사는 중심 주제를 위해서만 존재하는데 말입니다.

어떤 사람들은 이것을 '단순한 기법'으로 평가 절하할 것입니다. 하지만 우리는 작품에서 볼 수 있는 순서들은 그런 순서를 이루는 대상과 분리되면 '단순한' 상태도 되지 못한다는 데 동의해야 합니다. 그것들은 존재하지 않는 것nonentities입니다. 몸의 형태가 몸과 별개로는 존재하지 않는 것과 같습니다. 그러나 조각가의 '인생관'을 존중한답시고 조각상의 형태를 무시한 조각품 '감상'은 자기기만일 것입니다. 조각상은 그 형태 때문에 조각상일 수 있습니다. 그리고 오로지 그것이 조각상이기 때문에 우리는 조각가의 인생관을 언급하게 됩니다.

훌륭한 연극이나 이야기가 우리 안에 불러일으키는 질서정연한

---

3) 가상의 남아메리카 국가 술라코가 불안정한 군사독재의 폭정에서 민주화와 자본주의가 넘치는 근대로 옮겨가는 파란 많은 역사를 다룬 소설. 노스트로모는 부두 노동자의 십장으로 나오는 소설의 주인공이다.

움직임들을 따라갈 때—그 춤을 추거나 그 의식을 재현하거나 그 패턴을 따를 때—우리가 흥미로운 생각거리를 많이 갖게 되는 것은 아주 자연스러운 일입니다. 그런 활동의 결과로 우리 '정신의 근육'이 붙었습니다. 정신의 근육에 대해서는 셰익스피어와 단테에게 고마워할 수 있지만, 그 작품을 철학적·윤리적으로 활용하는 것은 그들의 공로로 돌리지 않는 편이 낫습니다. 우선, 그런 용도는 평범한 우리 자신의 수준을—조금은 넘어설지 몰라도—많이 넘어서지 못할 것입니다. 사람들이 셰익스피어에게서 끌어내는 인생에 대한 많은 진술은 어느 정도 재능이 있는 사람이라면 그의 도움이 없이도 얻을 수 있을 만한 것입니다. 또 다른 이유를 꼽자면, 작품을 철학적·윤리적으로 활용하는 것은 작품 자체에 대한 향후의 수용을 방해할 수 있습니다. 우리가 그 작품을 다시 찾아 읽을 때, 있는 그대로의 내용에 새롭게 몰입하기보다는 그 책이 이것이나 저것을 가르친다는 믿음에 대한 추가적 확증을 찾으려 할 수 있습니다. 우리는 물을 끓이거나 방을 데우기 위해서가 아니라 어제 봤던 모습을 다시 보고 싶은 마음에서 불을 뒤적이는 사람과 같이 될 것입니다. 그리고 마음을 정한 비평가에게는 하나의 텍스트가 '새끼염소가죽 장갑'[4]에 '불과'하기에—모든 것이 상징이나 아이러니나 애매모호한 말이 될 수 있기에—우

---

4) cheverel glove, 유연하고 잘 늘어나는 것으로 알려져 있다.

리는 그 안에서 원하는 것을 쉽사리 발견할 것입니다. 이것에 대한 최고의 반론은 모든 예술의 대중적 사용법에 대한 반론이기도 합니다. 우리는 예술 작품을 가지고 뭔가를 하느라 바쁜 나머지 그것이 우리에게 작용할 기회를 거의 주지 않습니다. 따라서 우리는 작품 안에서 점점 더 우리 자신만 만나게 됩니다.

그러나 예술의 주된 작용 중 하나는 거울에 비친 우리 자신의 얼굴에서 시선을 돌리게 하고, 우리를 그 고독에서 구해내는 것입니다. 우리는 '지식의 문학'을 읽으면서 좀더 정확하고 분명하게 사고하게 되기를 바랍니다. 상상문학을 읽을 때는 우리의 견해를 바꾸는 것—물론 가끔 그런 결과가 따라오겠지만—보다는 다른 사람들의 견해 속으로, 즉 그들의 태도와 감정과 총체적 경험 속으로 온전히 들어가는 것에 관심을 보입니다. 보통의 분별력을 가졌다면 어느 누가 루크레티우스나 단테의 글을 읽고 유물론과 유신론 중 어느 주장이 옳은지 판단하려 하겠습니까? 그러나 문학적 감각이 있다면 어느 누가 유물론자나 유신론자로 산다는 것이 무엇과 같은지 그들로부터 많은 것을 기꺼이 배우지 않겠습니까?

좋은 읽기에서는 '신념의 문제'가 없어야 합니다. 저는 (대체로) 루크레티우스의 생각에 동의하던 시절에 루크레티우스와 단테를 읽었습니다. 단테에게 (대체로) 동의하게 된 이후에도 두 사람의 책을 계속 읽었습니다. 그렇지만 두 사람의 작품에 대한 저의 독서 경험은 별로 달라지지 않았고 두 사람에 대한 저의 평가는 전혀 달라지지 않았습니다. 진정한 문학 애호가는 어떤 면에서는 정직한 채점관과도 같아야 합니다. 자신이 동의하지 않거나 심지어 혐오하는 견해라도 설득력 있고 적절하고 충분한 근거를 갖춰서 설명하면 최고점을 줄 준비가 되어 있어야 합니다.

안타깝게도 학문 분야로서 '영문학'의 중요성이 커지는 현상이 제가 반대하는 '오독誤讀'을 부추기고 있습니다. 영문학의 중요성으로 인해 문학에 특별히 관심이 없는 재능 있고 독창적이고 부지런한 사람들이 문학 공부를 하게 됩니다. 그들이 책에 대해 끊임없이 말할 수밖에 없게 되었으니, 책을 자기들이 이야기할 수 있는 어떤 대상으로 만들려고 시도하는 것 외에 달리 무엇을 할 수 있겠습니까? 따라서 그들에게 문학은 종교, 철학, 윤리학파, 심리치료, 사회학—예술 작품의 모음이 아닌 무엇이라도—과 다를 바가 없게 됩니다. 가벼운 작품들과 여흥물은 폄하되거나 보기보다 훨씬 더 진지한 작품으로 잘못 전달됩니다. 그러나 진정한 문학 애호가에게는 잘 만든 여흥물이 위대한 시인들의 작품에 억지로 떠맡긴 '인생철학'보다 훨씬 더 존경할 만합니다. 우선, 그런 여흥물이 만들기가 더 어렵습니다.

이것은 좋아하는 소설가나 시인들로부터 인생철학을 끌어내는 모든 비평가들의 작업이 무가치하다는 뜻이 아닙니다. 각 비평가는 자신이 선택한 저자의 작품이 지혜를 담고 있다고 여기는데, 무엇을 지혜로 보는가는 물론 그의 역량에 따라 결정될 것입니다. 그가 바보라면 좋아하는 작가들에게서 어리석음을 발견하고 감탄할 것입니다. 그저 그런 비평가라면 좋아하는 모든 작가들에게서 뻔한 소리만 찾아낼 것입니다. 그러나 그가 심오한 사상가라면 그가 칭송하며 설명하는 저자의 철학이 실상 그 자신의 것이라 해도 읽을 만한 가치가 있을 것입니다. 우리는 그를 성경 본문을 어느 정도 무리하게 해석하여 유익하고 유창한 설교를 전했던 수많은 목사들과 비교할 수 있을 것입니다. 그들의 설교는 성경주해로서는 문제가 있었지만 내용 자체만 놓고 보자면 대체로 좋은 설교였습니다.

IX

개관

　제가 전개하려는 입장을 이제 다음과 같이 요약해 보면 편리할 듯합니다.

　1. 예술 작품은 (어떤 종류가 되었건) '수용'하거나 '사용'할 수 있습니다. 예술 작품을 '수용'할 때, 우리는 예술가가 창조한 패턴에 따라 우리의 오감과 상상력과 기타 다양한 정신능력을 발휘합니다. 예술 작품을 '사용'할 때는 그것을 우리 자신의 활동을 돕는 보조물로 대합니다. 구식 이미지를 써서 말하자면, 전자는 우리가 아직 가보지 못한 길을 아는 사람이 모는 자전거를 얻어 타고 가는 것과 같습니다. 후자는 우리의 자전거에 작은 모터를 부착하여 우리가 잘 아는 여러 길로 타고 가는 것과 같습니다. 이 여행은 그 자체로 좋을 수도, 나쁠 수도, 그저 그럴 수도 있습니다. 다수가 예술을 '사용'하는 방식이 본질적으로 저속하고 부패했거나 타락했을 수도 있고 그렇지 않을 수도 있습니다. 어느 쪽이나 가능합니다. '사용'이 '수용'보다 열등한 것은 예술이 수용되지 않고 사용되면 우리 삶을 용이하게 하고 밝게 하고 긴장을 풀어 주거나 고통을 덜어 주긴 하지만 거기에 무엇을 더해 주지는 못하기 때문입니다.

오독誤讀

2. 문제의 예술이 문학일 경우 상황이 복잡해집니다. 의미심장한 글을 '수용'하는 것은 어떤 의미에서 언제나 그 글을 '사용'하는 것이고, 그 글을 통하고 넘어서서 그 자체로는 언어적이지 않은 상상된 어떤 것에 이르는 일입니다. 여기서 수용과 사용의 구분은 다소 다른 형태로 나타납니다. 이 '상상된 어떤 것'을 내용이라 부릅시다. '사용자'는 이 내용을 사용하고 싶어 합니다. 지루하거나 괴로운 시간을 견디게 해줄 소일거리로, 풀어야 할 퍼즐로, 공상을 돕는 도구로, 또는 '삶의 철학'을 접할 자료로 쓰고 싶은 것이지요. '수용자'는 그 안에서 쉬고 싶어 합니다. 그에게 예술은 적어도 일시적으로는 그 자체가 목적입니다. 그렇게 볼 때 예술은 (위로는) 종교적 묵상이나 (아래로) 놀이에 비교될 수 있습니다.

3. 그러나 역설적이게도 '사용자'는 글을 결코 온전히 사용하지 않고, 온전히 사용할 수 없는 글을 선호합니다. 그의 목적상 내용을 대충 재빨리 이해하는 것으로 충분한데, 그는 자신의 현재 필요를 채울 만큼만 글을 사용하기 원하기 때문입니다. 그는 글 속에서 더 정확한 이해를 요하는 대목은 무엇이건 무시합니다. 그런 대목은 그에게 장애물입니다. 글은 그에게 지시봉이나 표지판에 불과하거든요. 반면 좋은 책을 잘 읽는 사람에게는 글이 분명히 무엇을 가리키기는 하지만, 글은 '가리킴'이라는 거친 이름으로 다 담아 낼 수 없는 일을 합니다. 글은 그것을 받아들일 의향과 능력이 있는 정신에 대해 절묘할 만큼 세세하게 강제력을 발휘합니다. 그렇기 때문에 문체와

관련해서 '마법'이나 '초혼招魂'을 말하는 것은 감정을 자극하는 은유일 뿐 아니라 더없이 적절한 은유입니다. 따라서 다시 한 번 우리는 글의 '색깔', '풍미', '질감', '냄새'나 '운치'를 말할 수밖에 없습니다. 또 그렇기 때문에 내용과 글을 분리하는 것은 설령 불가피한 경우라 해도 위대한 문학에 너무나 큰 폭력을 가하는 일로 보이는 것입니다. 글은 내용이 입은 옷 이상이고, 심지어 육화 이상의 것이라고 우리는 주장하고 싶습니다. 그리고 이 말은 사실입니다. 오렌지의 모양과 색깔을 분리하려는 시도가 무모한 것과 같지요. 하지만 몇몇 목적 때문에 우리의 생각 속에서는 모양과 색깔을 분리해야 합니다.

4. 좋은 글은 이렇게 독자가 등장인물의 머릿속으로 들어가도록 강제하여 그 머릿속 구석구석을 안내해 줄 수 있습니다. 아니면 단테의 지옥이나 핀다로스[1]가 신들의 눈으로 바라본 섬의 광경*을 생생하고 개별적인 것으로 다가오게 만들 수도 있습니다. 따라서 좋은 독서는 언제나 시각적일뿐 아니라 청각적이기도 합니다. 소리는 독자에게 덤으로 주어지는 쾌락이기도 하지만 독자에게 강제되는 것의 일부이며, 그런 의미에서 의미의 일부이기도 하니까요. 이것은 괜찮고 쓸 만한 산문의 경우에도 해당합니다. 천박함과 허세에도 불구하

---

1) BC 522?~BC443?. 그리스의 서정시인.
* Fragm. 87+88(58).

고 조지 버나드 쇼의 서문을 읽을 때마다 우리가 행복해지는 이유는 활기차고 붙임성 있고 유쾌하며 자신만만하기 때문입니다. 그리고 이런 느낌은 주로 리듬을 통해 우리에게 다가옵니다. 기번[2]의 글을 읽을 때마다 정말 흥겨워지는 이유는 그 안에 흐르는 승리의 기쁨과 수많은 불행과 영광을 배열하고 심사숙고할 때 보여 주는 올림포스 신들 같은 평정 때문입니다. 저자들이 속한 시기는 특유의 분위기를 제공합니다. 각 시기는 보기 좋은 골짜기와 간담이 서늘한 골짜기를 한결같은 속도로 부드럽게 넘어가도록 해주는 거대한 구름다리와 같습니다.

5. 나쁜 독서 전체에 해당하는 것이 좋은 독서의 구성 요소로 들어갈 수 있습니다. 흥분과 호기심이 분명히 그렇습니다. 대리적 행복도 마찬가지입니다. 좋은 독자들이 대리적 행복을 얻기 위해 책을 읽는다는 말이 아니라, 픽션 속에서 합당한 행복이 이루어질 때 그들도 같이 행복해한다는 의미입니다. 그러나 그들이 해피엔딩을 원할 때는 대리적 행복을 얻기 위해서가 아니라, 그들이 볼 때 작품 자체가 여러 모로 그것을 요구하기 때문입니다. (죽음과 재난은 결혼식의 종소리 못지않게 '부자연스럽고' 조화롭지 못할 수 있습니다.) 자기 본위의 공상은 제대로 된 독자 안에서 오래 살아남지 못합니다. 그러나 특별

2) Edward Gibbon, 1737~1794. 《로마제국 쇠망사》의 저자.

히 젊은 시절, 또는 불행한 시기에는 자기 본위의 공상을 위해 책을 찾게 될 수 있습니다. 많은 독자들에게 트롤럽이나 심지어 제인 오스틴의 매력은 그들의 계급, 또는 그들이 동질감을 느끼는 계급이 지금보다 더 지위가 확고하고 형편이 좋았을 시절로 상상의 도피를 하게 해주는 것이라는 주장이 있었습니다. 헨리 제임스의 경우는 가끔 그럴 수 있겠습니다. 그의 책들 중 일부에서 주인공들은 우리 대부분만이 아니라 요정이나 나비들에게도 불가능한 삶을 삽니다. 그들에겐 종교도 일도 경제적 걱정도 없고 가족이나 오래된 이웃의 요구 사항도 없습니다. 그러나 그런 것이 주는 매력은 처음에만 작용할 뿐입니다. 자기 본위의 공상을 주로 원하거나 그것만을 강하게 원하는 사람은 제임스, 제인 오스틴, 또는 트롤럽의 책을 들고 오래 버티지 못할 것입니다.

저는 두 종류의 독서의 특징을 규정하면서 '재미entertainment'라는 단어를 일부러 피해 왔습니다. 그 앞에 '그냥'이라는 형용사를 붙인다 해도 이 단어는 지나치게 모호합니다. 재미가 가볍고 유쾌한 쾌락을 뜻한다면, 저는 이것이야말로 우리가 일부 문학 작품—예를 들면 프라이어[3]나 마르티알리스[4]가 쓴 소품들—에서 얻어야 마땅한 것

---

3) Matthew Prior, 1664~1721. 영국의 시인, 외교관.
4) 40~102?. 고대 로마의 풍자시인.

이라 생각합니다. 만약 재미가 대중소설의 독자를 '사로잡는' 요소들—서스펜스, 흥분 등등—을 의미한다면, 저는 모든 책이 재미있어야 한다고 말하겠습니다. 좋은 책은 재미가 더하면 더했지 덜해서는 안 될 것입니다. 이런 의미에서의 재미는 자격시험과도 같습니다. 한 편의 픽션이 재미조차 제공할 수 없다면, 그 작품의 더 고차적 자질을 탐구하는 일은 그만둬도 무방할 것입니다. 그러나 물론 한 사람을 '사로잡는' 요인이 다른 사람은 사로잡지 못할 수도 있습니다. 지성적 독자가 숨을 죽이는 대목에서 둔한 독자는 아무 일도 벌어지지 않는다고 불평할 수 있습니다. 그래도 저는 (경멸조로) 흔히 말하는 '재미'의 대부분이 제가 분류하는 좋은 독서의 특징으로 한자리를 찾게 되기를 바랍니다.

저는 제가 인정하는 부류의 독서를 '비판적 독서'라고 부르는 것도 삼갔습니다. 이 표현은 생략하여 쓰이는 경우가 아닌 한, 오해의 소지가 큰 것으로 보입니다. 앞 장에서 저는 모든 문장을, 심지어 단어조차도 그것이 수행하거나 수행하지 못하는 일을 가지고만 판단해야 한다고 말했습니다. [문장이나 단어의] 효과가 그 효과에 대한 판단보다 선행해야 합니다. 작품 전체의 경우도 마찬가지입니다. 이상적으로 말해서, 우리는 작품을 먼저 수용해야 하고, 그다음에야 평가해야 합니다. 그렇지 않으면 평가할 거리가 아예 없습니다. 그러나 불행히도 우리가 문학을 업으로 삼고 있거나 문학계에서 지낸 세월이 길수록 이런 이상은 실현되기가 더 어렵습니다. 어린 독자들에게는 이런 이상이 멋지게 실현됩니다. 어떤 걸작을 처음 읽고 그들은 '한방 맞은 듯 나가떨어집니다.' 그 작품을 비판한다고요? 어림도 없는 일입니다. 세상에나! 그런데 그들은 그 책을 다시 읽습니다. '이 책은 걸작이 틀림없어'라는 판단은 한참 미루어질 수 있습니다. 그러나 나이가 들면 책을 읽어 나가면서 평가를 하지 않기가 어렵습니다. 평가가 습관이 되어 버리는 것입니다. 그렇게 되면 우리는 작품을 총체적으로 수용할 공간을 확보하는 데 필요한 내적 침묵, 자기 비움을 달성하는 데 실패합니다. 이 실패를 더욱 악화시키는 상황이 있습니다. 책을 읽어나가면서 그에 대한 판단을 표현해야 할 의무가 있음을 알고 있는 경우입니다. 서평을 쓰기 위해 책을 읽을 때라든가, 친구에게 조언을 하기 위해 친구의 원고를 읽을 때가 그렇습니다. 그렇게 되면 책이나 원고의 여백에서 연필이 일하기 시작하고 우리 머릿속에서는 비판이나 승인의 표현들이 만들어집니다. 이 모든 활동은 수용을 방해합니다.

이런 이유로 저는 비평이 소년소녀들에게 적절한 활동인지에 대해 아주 회의적입니다. 자신이 읽은 글에 대한 영리한 초중학생의 반응은 자연스럽게 패러디나 모방으로 표현됩니다. 모든 좋은 독서의 필요조건은 '자기는 비켜나는 것'입니다. 젊은이들에게 계속해서 의견을 표현하라고 강요하는 것은 그들이 비켜나는 데 도움이 되지 않습니다. 특히 해로운 것은 의심을 가지고 모든 문학 작품에 접근하도록 부추기는 가르침입니다. 그런 가르침은 아주 합리적인 동기에서 생겨납니다. 우리는 궤변과 선전이 가득한 세상에서 자라나는 어린 세대가 속지 않도록 보호해 주고 싶고 인쇄된 글들이 자주 내놓는 감언이설에 넘어가 거짓 감정과 혼란스러운 사고에 빠지지 말라고 그들에게 경고해 주고 싶습니다. 그러나 안타깝게도, 나쁜 글에 영향을 받지 않게 막아 주는 그 습관 때문에 그들은 좋은 글의 영향도 받지 못하게 됩니다. 얼뜨기를 노리는 사기꾼들에 대한 경고를 너무 많이 접한 나머지 지나치게 '빈틈없는' 상태로 도시로 올라온 시골 사람이 그리 잘 지내지 못하기도 합니다. 아니, 그는 많은 진정한 호의를 거절하고 많은 진짜 기회를 놓치고 몇몇 사람과는 원수지간이 된 후, 그의 '약삭빠름'에 알랑거리는 사기꾼에게 속아 넘어갈 가능성이 높습니다. 독서에서도 마찬가지입니다. 시인을 잠재적 협잡꾼으로 여기고 속지 않겠다고 다짐한 채 시 안으로 들어오는 독자에게는 어떤 시도 비밀을 내어주지 않습니다. 우리가 무엇이건 얻기를 원한다면 속을 위험을 감수해야 합니다. 나쁜 문학에 대한 최고의 안전장치는 좋은 문학을 온전히 경험하는 것입니다. 모든 사람들을 습관적으로 불신하는 것보다는 정직한 사람들과 진실하고 애정 어린 친분을 나누는 것이 악당들에게 당하지 않을 더 나은 보호책인 것과 같습니다.

확실한 것은, 의심의 눈초리로 시에 접근하는 걱정스런 훈련을 받은 소년들이 선생님들이 그들 앞에 놓는 모든 작품을 비난하게 되지는 않는다는 것입니다. 그들은 논리와 시각적 상상력을 방해하는 뒤섞인 이미지들을 셰익스피어의 글에서 보면 찬사를 보내고 셸리의 글에서 보면 의기양양하게 '폭로'할 것입니다. 그러나 그것은 각각의 작품에 대해 사람들이 기대하는 반응을 그들이 알기 때문입니다. 그들은 셰익스피어에게 찬사를 보내고 셸리를 비판해야 한다는 것을 다른 경로로 듣고 압니다. 그들이 정답을 맞히는 것은 그들의 방법론이 정답으로 이끌어주어서가 아니라 사전에 정답을 알았기 때문입니다. 때때로 학생들이 사전에 정답을 모르고 있다가 엉터리 답을 내놓는 것을 본 교사는 그 방법론 자체에 대해 싸늘한 의심을 품게 될 수 있습니다.

X

시

그런데 제가 이제껏 깜짝 놀랄 것을 하나 빠뜨리지 않았습니까? 여러 시인과 시 작품이 언급이 되었습니다만, 시 자체에 대해서는 한마디도 하지 않았습니다.

하지만 아리스토텔레스, 호라티우스, 타소, 시드니와 어쩌면 부알로[1]라면 우리가 지금까지 논의한 거의 모든 문제들이 '시론'을 다룬 논문에서 적절하게 다뤄질 만한 주제라고 여겼을 것입니다. 이 부분에 주목하십시오.

우리의 관심사가 문학적·비문학적 독서법이라는 것도 기억하십시오. 그런데 불행히도 이 주제는 시를 언급하지 않고도 거의 온전히 다룰 수 있습니다. 비문학적 독자는 시를 거의 읽지 않으니까요. 여기저기서 소수의 사람들, 그러니까 전부 여자이고 대체로 나이든 여자들이 엘라 휠러 윌콕스[2]나 페이션스 스트롱[3]의 몇 구절을 읊어

---

1) Nicolas Boileau, 1636~1711. 프랑스의 풍자시인, 비평가.
2) Ella Wheeler Wilcox, 1850~1919. 미국의 시인.
3) Patience Strong, 영국 시인 Winifred Emma May(1907~1990)의 필명.

우리를 당황하게 할 수는 있습니다. 하지만 그들이 좋아하는 시는 언제나 격언시이고 아주 문자적으로 인생을 진술하는 내용입니다. 그들은 그들의 할머니들이 격언이나 성경구절을 사용했을 방식으로 그런 시구를 사용합니다. 그들의 감정은 별로 개입하지 않고, 그들의 상상력도 전혀 동원되지 않는 것 같습니다. 이것은 한때 발라드와 동요와 듣기 좋은 격언이 흘렀다가 말라버린 강바닥에 아직 남아 있는 작은 실개천이나 물웅덩이입니다. 그러나 이제 이것은 너무 왜소해서 이 정도 분량의 책에서 언급할 만한 가치는 없습니다. 일반적으로 비문학적인 독자들은 시를 읽지 않습니다. 다른 면에서는 문학적인 이들 중에서도 시를 읽지 않는 경우가 점점 더 많아지고 있습니다. 현대시는 시인이 아닌 극소수의 사람들, 직업적 비평가, 문학 교사들만 읽습니다.

이런 사실들에는 한 가지 공통적인 중요성이 있습니다. 여러 예술은 발전함에 따라 서로 점점 더 멀리 벌어집니다. 한때 노래, 시, 춤은 모두 단일한 제의적 행위의 일부였습니다. 각각이 다른 예술과 분리됨으로써 지금의 모습을 갖추게 되었고, 그렇게 해서 크게 얻은 것도 있고 크게 잃은 것도 있었습니다. 문학이라는 단일 예술 안에서도 같은 과정이 일어났습니다. 시는 산문으로부터 점점 더 분화되었습니다.

주로 시어詩語, diction만 생각한다면 이 말이 역설적으로 들릴 수 있습니다. 워즈워스 시대 이래로 시인들에게 허용되던 특별한 어휘와

구문은 공격의 대상이 되었고, 이제는 완전히 추방되었습니다. 그런 면에서 시는 과거 그 어느 때보다 산문에 가까워졌다고 말할 수 있을 것입니다. 그러나 시와 산문의 이런 유사성은 피상적인 것에 불과하고 다음 번 유행의 돌풍이 불면 날아가 버릴 수도 있습니다. 현대의 시인은 포프의 경우처럼 e'er(ever의 시어)와 oft(often의 시어)를 쓰지 않고 젊은 여자를 '님프'라고 부르지 않지만, 현대시들은 일체의 산문 작품과의 공통점이 포프의 시보다 훨씬 적습니다. 포프의 작품 〈머리타래의 겁탈〉, 공기요정 등의 이야기는 시에 비해 효과는 좀 떨어지겠지만 산문으로도 이야기할 수 있었을 것입니다. 《오디세우스》와 《신곡》이 운문으로 탁월하게 전달하는 내용 중에는 산문으로 웬만큼 전달할 만한 것들이 있습니다. 아리스토텔레스가 비극의 특징으로 규정한 요소들 대부분은 산문 희곡에도 존재할 수 있습니다. 시와 산문은 언어가 다르다 해도 내용에서는 겹치고 거의 일치했습니다. 그러나 현대시가 무엇인가를 '말할' 경우, 즉 '존재'할 뿐 아니라 '의미'하고자 할 경우, 산문이 그 어떤 식으로도 말할 수 없는 것을 말합니다. 옛날 시를 읽는 것이 다소 다른 언어를 배우는 것이었다면, 새로운 시를 읽는 것은 정신을 해체하고 산문을 읽을 때나 대화에서 사용하는 모든 논리적·서사적 연결을 버리는 것입니다. 이미지, 연상, 소리들이 논리적·서사적 연결이 없이 작용하는 무아지경의 상태에 도달해야 합니다. 이렇게 되면 시와 글의 다른 모든 쓰임이 갖는 공통점은 점점 줄어들어 거의 0에 이릅니다. 그리고 시는 이

제 그 이전보다 더 본질적으로 시적이고, 부정적인 의미에서 '더 순수'해집니다. 시는 (모든 좋은 시가 그렇듯) 산문이 할 수 없는 일을 할 뿐 아니라, 산문이 할 수 있는 일은 일부러 전혀 하지 않습니다.

하지만 안타깝게도 이 과정에는 시의 독자가 꾸준히 줄어드는 불가피한 결과가 따라옵니다. 어떤 이들은 이런 현상에 대해 시인들을 탓하고, 어떤 이들은 사람들을 탓합니다. 저는 이것이 과연 누구를 탓할 문제인지 확신하지 못하겠습니다. 어떤 도구이건 특정한 기능을 위해 개량되고 완벽한 경지에 이르면, 그것을 다룰 기술이나 기회를 가진 사람의 수는 당연히 줄어들 수밖에 없습니다. 평범한 칼을 쓰는 사람은 많지만 수술용 메스를 쓰는 사람은 적듯이 말입니다. 메스는 수술에는 더 낫지만 다른 용도로는 좋지 않습니다. 시는 시만이 할 수 있는 일로 점점 더 자신을 한정하지만, 이것은 많은 사람들이 원하는 일이 아닌 것으로 드러났습니다. 물론 사람들이 그런 시를 원한다 해도 수용할 능력이 없었습니다. 현대시는 그들에게 너무 어렵습니다. 불평해 봐야 소용없습니다. 이렇게 순수한 시라면 어려울 수밖에 없으니까요. 그러나 시인들은 그런 시들이 인기가 없는 것을 불평해서는 안 됩니다. 시를 읽는 기술이 시를 쓰는 기술 못지않게 드높은 재능을 요구한다면, 시를 읽는 독자의 수는 시인보다 그리 많을 수가 없습니다. 100명 중 한 명의 연주자만 연주할 수 있는 곡을 작곡한다면, 그 곡이 자주 연주되리라고 기대해서는 안 됩니다. 음악의 비유는 이제 잘 들어맞는 것으로 드러납니다. 현대시를 설명하는 전문가들은 같은 작품을 전혀 다른 여러 방식으로 이해할 수 있습니다. 이것이 현대시의 특징입니다. 우리는 전문가들의 여러 가지 이해 중 단 하나를 제외한 전부가, 또는 전부가 '틀렸다'고 더 이상 말할 수가 없습니다. 현대시는 악보와 같고 그에 대한 해석은 연주와 같습니다. 다양한 연주가 인정됩니다. 문제는 어느 것이 '옳은' 연주인가가 아니라 어느 것이 최고의 연주인가 하는 것입니다. 시의 해설자들은 관객의 일원이 아니라 교향곡의 지휘자에 더 가깝습니다.

이런 사태가 일시적일 거라는 희망은 좀처럼 사라지지 않습니다. 현대시를 싫어하는 어떤 이들은 현대시가 그 순수함의 진공 속에서 질식하여 곧 소멸되고 일반인들이 의식하는 열정 및 관심사와 좀더 넓게 겹치는 시에 자리를 내어주기를 바랍니다. 다른 이들은 '교양'에 의해 일반인들의 '수준이 올라가서' 지금 같은 모습의 시가 다시 널리 읽힐 수 있기를 바랍니다. 그러나 저는 세 번째 가능성을 자꾸만 떠올리게 됩니다.

고대의 도시국가들은 실용적 필요 때문에 야외에서 다수의 청중을 상대로 잘 들리고 설득력 있게 말하는 뛰어난 기술을 발전시켰습니다. 그들은 이것을 '수사학'이라 불렀습니다. 수사학은 그들 교육과정의 일부가 되었습니다. 몇 세기 후에는 상황이 달라졌고 이 기술의 쓸모는 사라졌습니다. 그러나 교육과정의 일부로서의 지위는 남아 있었습니다. 천 년이 넘게 남아 있었습니다. 현대인들이 경험하는 시의 운명도 비슷하게 전개될 가능성이 없지 않습니다. 시 해설은 이미 학구적이고 학문적 훈련으로 확고한 자리를 차지하고 있습니다. 시 해설을 그 자리에 계속 남겨 두고 거기에 능숙해지는 것을 사무직 일자리의 필수적인 자격으로 만들어 시인들과 그 해설자들을 위해 많은 수의 (징집된 독자이기에) 영속적인 독자들을 확보하겠다는 공언이 있었습니다.* 이런 시도는 어쩌면 성공할 수도 있습니다. 대부분의 사람들의 '생활과 마음에' 지금보다 더 와 닿지도 않는 상태로, 시는 천 년 동안 군림할 수도 있습니다. 교사들은 비길 데 없는 학문이라고 찬사를 보내고 학생들은 꼭 필요한 '입신출세의 방법'이라고 받아들일 해설의 자료를 제공하면서 말이지요.

그러나 이것은 추측입니다. 읽기라는 지도에서 대제국의 영토를 뽐내던 시의 영역이 지금은 작은 지방으로 쪼그라들었습니다. 시라는 지방은 크기가 줄어듦에 따라 다른 지역들과의 차이점을 점점 더 강조하다 결국 작은 크기와 지역적 특이성이 결합하면서 지방이라기보다는 '보호구역'이라 할 정도까지 되었습니다. 그런 영역은 전면적으로 무시할 존재는 아니지만, 포괄적인 지리적 일반화의 목적을 놓고 볼 때는 무시할 만합니다. 그 안에서 우리는 비문학적 독자와 문학적 독자의 차이점을 연구할 수가 없습니다. 거기에는 비문학적 독자들이 없기 때문입니다.

* J. W. Saunders, "Poetry in the Managerial Age", Essays in Criticism, IV, 3 (July 1954)를 보라.

그럼에도 불구하고 우리는 문학적 독자들이 제가 볼 때 때로는 나쁜 방식의 독서에 빠지며, 이런 독서 방식은 비문학적 독자들이 저지르는 동일한 오류가 좀더 미묘한 형태로 나타난 것임을 이미 보았습니다. 그들은 시를 읽을 때도 그럴 수 있습니다.

문학적 독자들은 때로 시를 '수용'하는 대신 '사용'합니다. 그들이 비문학적 독자들과 다른 부분은 자신들이 하는 일을 잘 알고 있고 그것을 옹호할 준비가 되어 있다는 것입니다. 그들은 이렇게 묻습니다. "왜 내가 현재의 실질적 경험—그 시가 내게 의미하는 바, 그 시를 읽을 때 내게 벌어지는 일—을 내버리고 시인의 의도를 탐구하거나 그 시가 시인과 같은 시대 사람들에게 어떤 의미가 있었을지 확실하지도 않은 재구성을 해야 합니까?" 여기에는 두 가지 대답이 가능할 듯합니다. 첫째, 제가 초서를 오역하거나 던John Donne을 오해하여 머릿속에 만들어 내는 시는 초서나 던이 실제로 만든 작품만큼 좋지 못할 가능성이 있습니다. 둘째, 둘 다 취하는 게 어떻습니까? 우선은 자신이 시를 통해 이해한 것을 즐기고, 그 후 텍스트로 되돌아가서 이번에는 어려운 단어를 찾아보고, 어떤 인유가 들어 있는지 알아내고, 그 시를 처음 읽을 때 경험했던 율격적 즐거움이 자신의 운 좋은 오해에 기인한 것임을 알게 된다면 그 시인의 시를 본인의 시에 덧붙여 즐길 수 있는지 여부를 살피는 것이 어떻겠습니까? 제가 천재이고 거짓 겸손의 제약을 받지 않는다면, 둘 중에서 저의 시가 더 낫다고 생각하게 될 수도 있습니다. 그러나 둘 다를 알지 않고서는 과연 그런지 알아낼 수 없을 것입니다. 종종 둘 다 간직할 만한 가치가 있습니다. 우리는 고전 시인들이나 외국 시인들의 어떤 시구들을 잘 못 이해해서 그 시구들이 우리 안에 만들어 낸 특정한 효과들을 여전히 향유하지 않습니까? 이제는 그 시구들을 더 잘 압니다. 우리는 베르길리우스나 롱사르[5]가 전하려 했던 바에 가까운 것을 향유한다고 믿습니다. 이것은 옛 아름다움을 폐지하거나 훼손하지 않습니다. 이것은 우리가 어린 시절에 알던 아름다운 장소를 다시 찾는 것과 같습니다. 우리는 어른의 눈으로 그곳의 경치를 평가합니다. 어린아이였을 때 그곳에서 느꼈던 즐거움―흔히 아주 다른―을 회복할 수도 있습니다.

물론 우리는 자신을 결코 벗어날 수 없습니다. 우리가 무엇을 하건, 우리 자신의 어떤 것과 우리 시대가 만든 어떤 것은 모든 문학에 대한 우리의 경험 안에 남아 있을 것입니다. 따라서 저는 그 어떤 것도 정확히 다른 사람의 관점에서 볼 수 없습니다. 제가 가장 잘 알고 사랑하는 사람이라 해도 다르지 않습니다. 그러나 적어도 그쪽으로 어느 정도 전진할 수는 있습니다. 적어도 더 심각한 착시는 제거할 수 있습니다. 문학은 제가 살아 있는 사람들에 대해, 살아 있는 사람들은 제가 문학에 대해 그렇게 전진하도록 돕습니다. 지하감옥에

5) Pierre de Ronsard, 1524~1585. 프랑스의 시인.

서 빠져나올 수 없다면 저는 적어도 창살 밖을 내다보겠습니다. 그것이 가장 어두운 구석의 지푸라기 바닥에 다시 주저앉는 것보다 낫습니다.

하지만 제가 비난했던 방식의 읽기를 실제로 요구하는 시들(현대시들)이 있을 수 있습니다. 거기 쓰인 단어들이 어떤 식으로건 각 독자가 감수성을 발휘할 원재료로서만 의도되었고, 한 독자의 경험과 다른 독자나 시인의 경험이 겹치는 부분이 있게 할 의도는 없었을 수도 있습니다. 만약 그렇다면, 그런 시들에 대해서는 자기 생각에 따른 자의적 읽기가 적절할 것입니다. 윤이 나는 그림이 거기 비친 자기 모습만 보라고 놓여 있다면 애석한 일입니다. 반면 거울이 그런 용도로 놓여 있다면 애석한 일이 아니지요.

우리는 비문학적인 독자들이 실제 작품들에 충분한 주의를 기울이지 않은 채로 읽는다고 흠을 잡았습니다. 이 흠은 문학적인 독자가 시를 읽을 때는 잘 나타나지 않습니다. 그들은 다양한 방식으로 단어들에 온전히 주의를 기울입니다. 그러나 가끔 저는 단어의 청각적 특성은 온전히 수용되지 않는 것을 발견했습니다. 저는 이것이 부주의 때문이라고 생각하지 않습니다. 의도적인 무시이지요. 저는 어느 대학 영문학과 교수가 대놓고 이렇게 말하는 것을 들었습니다. "시에서는 여러 가지가 중요하지만, 소리는 중요하지 않아요." 그저 재미로 한 말일 수도 있습니다. 그러나 채점관으로서 저는 놀랄 만큼 많은 수의 우등학사학위 후보자들이 다른 면에서는 분명히 문학적인데 잘못된 인용으로 율격에 대한 인식이 철저히 결여된 것도 발견했습니다.

이런 놀라운 사태가 어떻게 생겨났을까요? 두 가지 원인이 있을 수 있다고 봅니다. 일부 학교에서 어린이들은 배운 시를 복습하기 위해 쓸 때 행에 따라서가 아니라 '말하기 단위'로 쓰라고 배웁니다. 아이들의 소위 '단조로운 억양의 낭송'을 치료하기 위해서입니다. 이것은 제가 볼 때 아주 근시안적 정책입니다. 이 아이들이 자라서 시를 사랑하는 사람이 된다면 단조로운 낭송 버릇은 때가 되면 저절로 치료될 것이고, 시를 좋아하는 사람이 되지 않는다면 그런 버릇은 중요하지 않습니다. 어릴 때는 단조로운 억양의 낭송이 결점이 아닙니다. 그것은 운율적 감수성의 첫 번째 형태일 뿐입니다. 그 자체로는 조악하지만 좋은 징후이지 나쁜 징후가 아닙니다. 이 메트로놈 같은 규칙성, 율격에 맞춰 온 몸을 흔드는 반응 때문에 이후의 온갖 변이와 미묘함이 가능해집니다. 규범을 모르는 사람들에게는 변이가 있을 수 없고, 뻔한 것을 파악하지 못한 사람들에게는 미묘함이 없기 때문입니다. 다른 한편, 현대의 젊은이들은 자유시*vers libre*를 생애에서 너무 일찍 만났을 가능성이 있습니다. 그것이 진짜 시일 때, 그 청각적 효과는 극도로 섬세하고 그것을 감상하기 위해서는 율격시로 오래 훈련한 귀를 갖추고 있어야 합니다. 율격의 훈련 없이 자유시를 수용할 수 있다고 생각하는 사람들은 제가 볼 때 자기를 속이고 있는 것입니다. 걷기도 전에 뛰려고 하는 셈이지요. 실제 달리기에서는 넘어지면 아프니까, 걷지도 못하면서 달리려 드는 사람은 자신의 실수를 깨닫게 됩니다. 그러나 독자의 자기기만은 사정이 그렇지가 못합니다. 그는 넘어지면서도 자신이 달리고 있다고 여전히 믿을 수 있습니다. 그 결과 그는 걷는 법을 배우지 못할 수도 있고, 그렇게 되면 달리는 법을 영영 못 배울 수도 있습니다.

XI

실험

저의 실험에 필요했던 장비가 이제 조립이 되었고 우리는 실험을 시작할 수 있습니다. 통상 우리는 사람들이 읽는 책을 가지고 그들의 문학적 취향을 판단합니다. 그런데 그 과정을 뒤집어서 사람들이 읽는 방식을 보고 문학을 판단하면 어떤 이점이 있겠는가, 이것이 저의 질문이었습니다. 모든 일이 이상적으로 진행된다면 우리는 결국 좋은 문학이란 좋은 읽기를 허용하고 초청하고 강제하는 작품이라고 정의하게 될 것입니다. 나쁜 문학은 나쁜 읽기에 대해 같은 일을 하는 작품이라고 정의하게 되겠지요. 이것은 이상적인 단순화이고, 우리는 이보다 덜 깔끔한 결말에 만족해야 할 것입니다. 하지만 우선은 이런 뒤집기가 줄 수 있는 효용을 제시하고자 합니다.

첫째, 이것은 우리의 관심을 읽는 행위에 고정하게 합니다. 문학의 가치가 무엇이건, 그 가치는 좋은 독자들이 읽는 순간에, 그 자리에서만 현실이 됩니다. 서재에 놓인 책들은 잠재적인 문학일 뿐입니다. 우리가 읽고 있지 않을 때는 문학적 취향도 잠재성일 뿐입니다. 잠재성은 읽기라는 일시적 경험 안에서가 아니면 행동으로 나타나지 않습니다. 문학적 학식과 비평이 문학을 보조하는 활동이라면, 그

오독誤讀

것들의 유일한 기능은 좋은 독서의 경험을 증가시키고 연장시키고 지키는 것입니다. 우리에게는 독자에게 작용하는 문학에 집중함으로써 추상을 피하게 해주는 비평법이 필요한 것입니다.

둘째, 제가 제안한 비평법을 따르면 우리 발이 견고한 기반 위에 서게 되지만, 통상적인 비평법을 따르면 늪에 빠져 헤어나지 못하게 됩니다. 제가 램_{Lamb}을 좋아한다는 사실을 여러분이 알게 된다고 해 봅시다. 여러분은 램이 나쁜 작가라고 확신하고 저의 취향이 나쁘다고 말합니다. 그러나 램에 대한 여러분의 견해는 그에 대한 저의 견해와 마찬가지로 고립된 개인적 반응이거나, 문학계의 우세한 견해에 근거한 것입니다. 전자의 경우, 여러분이 저의 취향을 비난한 것은 오만한 일이고, 제가 [당신 견해도 마찬가지 아니냐고] 반박하지 않는 것은 오로지 예의 때문이지요. 그러나 여러분이 '우세한' 견해를 받아들인 경우라면, 그 견해가 얼마나 오랫동안 우세할 거라고 생각하십니까? 아시다시피 50년 전이라면 램을 호의적으로 평가한 일이 저에 대한 감점 요인은 아니었을 것입니다. 그리고 테니슨은 30년대라면 지금[1] 보다 더욱 심각한 감점 요인이었을 것입니다. 특정 작가의 폐위와 복권은 거의 다달이 벌어지는 일입니다. 그 어느 것도 영구적인 판단으로 신뢰할 수 없습니다. 포프는 들어왔다가 나갔다가 다시 돌아왔습

---

1) 이 책의 초판은 1961년에 나왔다.

니다. 밀턴은 두세 명의 영향력 있는 비평가들에 의해 목 매달리고 능지처참을 당했다가―그들의 제자들은 모두 밀턴을 그렇게 몰아내는 데 적극 호응했습니다―되살아난 것 같습니다. 한때 높았던 키플링의 주가는 바닥을 쳤고 이제는 살짝 오를 조짐이 보입니다. 이런 의미에서 '취향'은 주로 연대기적 현상입니다. 여러분의 생년월일을 말씀해 주시면 저는 여러분이 홉킨스를 좋아할지 하우스먼을 좋아할지, 하디와 로렌스 중에서 누구를 좋아하는지 예리하게 추측할 수 있습니다. 포프를 경멸하고 오시안[2]을 존경하는 사람이 있다면, 저는 그 사람의 문학 활동 시기를 정확히 맞힐 수 있습니다. 저의 취향에 대해 여러분이 진짜로 말할 수 있는 것은 구식이라는 것뿐이며, 여러분의 취향도 곧 구식이 될 것입니다.

그러나 여러분이 이것과는 상당히 다른 방식으로 행동한다고 가정해 봅시다. 제가 하고 싶은 대로 하게 내버려두고 제 꾀에 제가 넘어가게 하는 겁니다. 저에게 램에 대해 말해 보라고 부추긴 후에, 아래의 내용을 알게 되었다고 가정해 보십시오. 제가 그의 작품 안에 있는 어떤 것들을 무시한 채 그의 작품에 없는 많은 내용을 집어넣어 읽고 있고, 제가 그토록 찬사를 보내던 작가의 작품을 실은 거의

2) Ossian, 3세기경 고대 켈트족의 전설적인 시인이자 용사. 1765년 J. 맥퍼슨의 시집을 통해 이름이 알려졌다. 우울한 낭만적 정서를 담고 있는 그의 시는 낭만파 시인들에게 큰 영향을 끼쳤다.

오독誤讀

읽지 않으며, 찬사를 보낼 때 사용한 용어를 보면 그의 작품이 저를 쓸쓸하고 변덕스러운 몽상에 빠지게 하는 자극물에 불과했음을 알게 되었다고 말입니다. 그리고 램을 찬미하는 다른 사람들을 찾아가 동일한 탐지법을 적용했는데, 그때마다 동일한 결과를 얻었다고 해봅시다. 이런 조사를 진행했다면, 수학적 확실성에 도달할 수야 없겠지만 램이 나쁜 작가라는 확신을 점점 더 강하게 가질 만한 확고한 근거를 확보한 셈이 될 것입니다. "램의 작품을 즐기는 모든 사람이 최악의 독서법으로 그렇게 즐기는 것을 보니 램은 나쁜 작가인 것 같다"고 주장하게 될 것입니다. 사람들이 읽는 방식을 관찰해 보면 그들이 읽는 책에 대한 판단을 내릴 확고한 토대를 얻게 되지만, 그들이 읽는 책에 대한 판단은 그들이 읽는 방식을 판단할 조잡한 토대, 심지어 일시적인 토대일 뿐입니다. 문학 작품들에 대한 용인된 평가는 유행이 바뀔 때마다 달라지지만, 주목하는 읽기와 부주의한 읽기, 순종하는 읽기와 고집 센 읽기, 사심 없는 읽기와 자기 본위의 읽기로 읽기 방식을 나누는 구분은 영구적입니다. 이 구분은 늘 타당하며 언제 어디서나 타당합니다.

셋째, 이 비평법을 따르게 되면 비판적 정죄가 고된 일이 될 것이고, 제가 볼 때 이것은 이점입니다. 지금은 비판적 정죄가 너무 쉽습니다.

우리가 어떤 비평법을 쓰든 간에, 책을 읽는 독자들로 그 책을 판단하건 그 반대이건, 언제나 이중의 구분을 합니다. 먼저 양과 염소를 가려낸 다음에 더 좋은 양과 그보다 못한 양을 구분하지요. 일부 독자들과 책들은 울타리 바깥에 내놓고, 울타리 안에 있는 독자들과 책들에게 찬사나 비난을 나누어 보냅니다. 책을 가지고 시작할 경우에는 단순한 '상업적 쓰레기', 스릴러, 포르노, 여성지에 실린 단편소설 등과, 소위 '순純'문학, '성인'문학, '진짜'문학, '순수'문학을 구분합니다. 그다음에는 후자 중에서 좋은 책과 나쁜 책을 다시 나눕니다. 예를 들어, 가장 공인된 현대비평은 모리스와 하우스먼을 나쁜 작품으로, 홉킨스와 릴케는 좋은 작품으로 분류할 것입니다. 독자들을 판단하는 경우에도 우리는 동일한 작업을 하게 됩니다. 우선 책을 거의 읽지 않거나 허겁지겁 읽고, 몽롱하게 읽고, 읽은 것을 금세 잊어버리고 시간을 죽이기 위해서만 읽는 사람들과, 독서가 고되고 중요한 활동인 사람들로 폭넓고 논란의 여지가 거의 없는 구분을 합니다. 그다음에는, 후자의 분류 안에서 '좋은' 취향과 '나쁜' 취향을 구분합니다.

현재의 방식으로 일하는 비평가는 첫 번째 구분을 하고 울타리를 세울 때 자신이 책을 판단하고 있다고 주장해야 합니다. 그러나 실상 그가 울타리 너머에 놓는 책들은 대부분 그가 읽은 적이 없는 작품들입니다. 여러분은 '서부물'을 얼마나 읽어 보셨습니까? 공상과학 소설은 얼마나 읽어 보셨습니까? 비평가가 그 책들의 낮은 가격과 야단스러운 표지에 이끌려 그런 판단을 내렸다면 그는 아주 불안한 토대 위에 서 있는 것입니다. 그는 후대의 사람들에게 초라한 평가를 받을 수도 있습니다. 한 세대의 전문가들이 상업적 쓰레기로 규정했던 작품이 다른 세대의 전문가들에게는 고전이 될 가능성이 있으니까요. 반면 그 비평가가 그런 책들을 읽는 독자들에 대한 경멸 때문에 그런 판단을 내렸다면, 그는 저의 방법을 조악하고 공인되지 않은 방식으로 사용한 것입니다. 그는 자신이 한 일을 인정하고 개선을 도모하는 편이 더 안전할 것이고, 자신의 경멸 안에 사회적 속물근성이나 지적 독선 따위가 섞이지 않게 해야 할 것입니다. 제가 제안한 비평법은 다들 알 수 있게 작동합니다. 서부물을 구입하는 이들의 독서 습관을 관찰할 수 없거나 관찰하는 것이 가치 없는 일이라고 생각한다면, 우리는 서부물 서적에 대해 아무 말도 하지 않습니다. 만약 관찰할 수 있다면, 해당 독자들의 독서 습관을 비문학적 부류나 문학적 부류로 나누는 것은 보통 그리 어렵지 않습니다. 어떤 책이 흔히 한 가지 방식으로 읽히고, 다른 방식으로 읽히는 사례는 찾아볼 수 없다면, 우리는 그 책이 나쁜 책이라고 생각할 증거를 일단 갖춘 셈입니다. 반면 2단 편집에다 표지에는 야단스럽고 어설픈 그림이 실린 작은 싸구려 책이라도 그 안에서 평생 기쁨을 느끼고 읽고 또 읽으며 단 한 단어만 바뀌어도 금방 알아채고 항의할 독자를 한 명이라도 발견한다면, 그 안에 볼 만한 것이 별로 없다는 생각이 들고 주변의 친구들과 동료들이 모두 그 책을 경멸한다 해도, 우리는 그 책을 울타리 밖으로 감히 보내 버릴 수 없을 것입니다.

현재의 비평법이 얼마나 위험한지 제가 아는 데는 그만 한 이유가 있습니다. 공상과학 소설은 제가 상당히 자주 드나들던 문학 영역입니다. 지금 제가 그곳을 자주 찾지 않는 이유는 저의 취향이 나아져서가 아니라 그 영역이 달라져서 지금은 제가 좋아하지 않는 스타일로 건설된 새로운 주택지가 가득하기 때문입니다. 그러나 좋았던 옛 시절에 저는 비평가들이 공상과학에 대해 말할 때마다 큰 무지를 드러낸다는 것을 알게 되었습니다. 그들은 공상과학이 하나의 균일한 장르인 것처럼 말했습니다. 그러나 공상과학 소설은 문학적 의미에서 하나의 장르가 아닙니다. 특정한 '기계'를 활용한다는 것 말고는 공상과학물 작가들 사이에 공통점이 전혀 없습니다. 그 작가들중 일부는 쥘 베른과 같은 유형에 속하고 기술에 주로 흥미를 보입니다. 또 어떤 이들은 순수한 문학적 환상을 만들어 내기 위해 기계를 사용하지만 본질적으로는 동화나 신화를 만들어 냅니다. 그리고 아주 많은 이들은 풍자를 위해 공상과학을 사용합니다. 미국적 생활방식에 대한 신랄한 미국식 비판은 대부분 이 형식으로 이루어집니다. 다른 형식으로 넘어가면 즉시 비非미국적 형식이라고 비난을 받을 것입니다. 끝으로, 그저 공상과학의 호황에 편승하여 '득을 보려고' 화이트채플[3]이나 브롱크스[4]에서도 벌어질 수 있었고 거기서 벌어지는

3) 런던의 한 지역.
4) 미국 뉴욕 주 뉴욕의 북부 지구.

것이 더 나았을 첩보 이야기나 사랑 이야기의 무대로 먼 행성과 은하계를 사용한 수많은 통속작가들이 있습니다. 그리고 이야기들의 종류가 다른 것처럼, 물론 독자들도 다릅니다. 원한다면 모든 공상과학을 한데 묶을 수도 있습니다만, 그것은 밸런타인[5]과 콘래드[6]와 제이콥스[7]의 작품들을 '해양소설'로 한데 묶고 해양소설을 비판하는 것만큼이나 분별없는 일입니다.

그러나 두 번째 구분에 이르러 양들 사이에서, 즉 울타리 안에서 구분을 할 때 저의 비평은 기존의 비평법과 아주 분명한 차이를 보일 것입니다. 기존 비평법의 경우, 울타리 안에서의 구분과 울타리를 세우는 일차적 구분 사이의 차이는 정도의 차이에 불과합니다. 밀턴은 나쁘고 페이션스 스트롱은 더 나쁘며, 디킨스(의 대부분의 책)는 나쁘고 에드가 월리스[8]는 더 나쁘다고 여겨집니다. 스콧과 스티븐슨을 좋아하기 때문에 제 취향도 나쁘다고 여겨집니다. 버로스[9]를 좋아하는 사람들의 취향은 더욱 나쁘다고 합니다. 그러나 제가 제안하

---

5) Robert Michael Ballantyne, 1825~1894. 스코틀랜드의 청소년 소설가.《보물섬》에 영향을 끼친 청소년 해양 모험소설《산호섬》의 작가.
6) Joseph Conrad, 1857~1924. 영국의 소설가. 대표작 반제국주의적, 반인종주의적 소설《어둠의 심연》의 저자.
7) W. W. Jacobs, 1863~1943. 영국 작가. 공포소설《원숭이 손》으로 가장 유명하지만 해양소설을 많이 썼고 디킨스의 전통에 있다는 평을 들었다.
8) Edgar Wallace, 1875~1932, 범죄소설로 유명한 영국 작가. 킹콩의 저자이기도 하다.
9) E. R. Burroughs.《타잔》의 저자.

는 비평법은 읽기 사이에서 정도의 차이가 아니라 종류의 차이를 구분하게 될 것입니다. 모든 단어—'취향', '기호', '향유'—가 비문학적 독자들과 저에게 적용될 때 다른 의미를 지닐 것입니다. 제가 스티븐슨에 반응하듯 에드가 월리스에게 반응하는 사람이 있다는 증거는 없습니다. 누군가가 비문학적이라는 이런 식의 판단은 "이 남자는 사랑에 빠지지 않았다"라는 판단과 비슷합니다. 반면 저의 취향이 나쁘다는 판단은 "이 남자는 사랑에 빠졌지만 상대가 끔찍한 여자다"라는 판단에 가깝습니다. 사람들이 싫어할 만하고 싫어할 수밖에 없는 여자를 분별력 있고 교양 있는 남자가 사랑한다는 사실을 알게 된다면, 우리는 그녀에 대해 다시 생각해 보고 그녀 안에서 이전에 보지 못했던 것이 없는지 찾아보게 되고 그러다 가끔은 그것을 발견하기도 할 것입니다. 이와 마찬가지로 저의 비평법을 통해 사람들이, 혹은 한 사람이라도 우리가 나쁘다고 생각했던 책을 완전하게 읽고 평생 사랑할 수 있다는 사실을 알게 된다면, 우리는 그 책이 전에 생각했던 것처럼 그렇게 나쁘지는 않을지도 모른다는 의심을 품게 될 것입니다. 물론 가끔은 친구의 부인이 여전히 너무나 볼품없고 우둔하고 사귀기 힘들어서 우리로서는 그녀를 향한 친구의 사랑을 호르몬의 비이성적이고 신비로운 작용으로 단정해야 할 때가 있을 것입니다. 이와 비슷하게, 그가 좋아하는 책이 우리 눈에 여전히 너무나 나쁘게 보여서 그가 그 책을 좋아하는 이유를 어린 시절의 연상이나 다른 심리적 우연으로 돌려야 할 때도 있습니다. 그러나 과연 그런지

오독誤讀

는 확신할 수 없고 확신해서도 안 됩니다. 늘 그렇듯, 그 책에는 우리가 보지 못하는 뭔가가 있을 수 있습니다. 어떤 독자가 정성들여 읽고 한결같이 사랑한 책이라면 그 안에 뭔가 장점이 있을 잠정적 개연성이 압도적으로 높습니다. 그러므로 저의 비평법에서는 그런 책을 비난하는 것이 아주 심각한 문제가 됩니다. 우리의 비난은 절대 최종적인 것이 아닙니다. 질문은 언제든 재개될 수 있으며 그것은 타당한 일입니다.

그리고 여기서 제가 제안한 비평법이 기존의 방식보다 훨씬 현실적이라는 점을 밝히고 싶습니다. 우리가 무슨 말을 하건, 울타리 안에서의 구분은 울타리 자체보다는 훨씬 유동적이며 이 사실을 숨겨서 얻을 것은 전혀 없습니다. 맑은 정신일 때는 우리 모두 이 사실을 인식합니다. 밀리기 싫어서 큰소리를 칠 때면 테니슨이 워즈워스보다 못하다는 것을 에드가 월리스가 발자크보다 못하다는 것만큼이나 확신한다고 말할 수 있습니다. 열띤 논쟁을 펼치다 보면 여러분은 밀턴을 좋아하는 저의 취향이 만화를 좋아하는 취향과 정도만 덜할 뿐 같은 종류의 나쁨이라고 말하게 될 수도 있습니다. 그런데 그런 말들을 할 수는 있지만 제정신이라면 누구도 그 말을 온전히 믿지는 않습니다. 울타리 안에서 더 낫고 더 못한 것을 나누는 구분은 '쓰레기'와 '진짜' 문학 사이의 구분과 같지 않습니다. 울타리 안의 구분은 모두 유동적이고 뒤집을 수 있는 판단에 근거합니다. 제가 제안한 비평법은 이 사실을 솔직히 인정합니다. 한동안 울타리 안에 깊숙이 들어와 있던 저자에 대한 총체적이고 최종적인 '가면 벗기기'나 '폭로'는 있을 수 없다는 사실을 처음부터 인정하는 것이지요. 책을 제대로 읽는 사람들이 좋게 본 작품이라면 어떤 종류이건 좋은 것일 개연성이 있다는 가정이 우리의 출발점입니다. 확률적으로 불리한 쪽은 공격하는 사람들입니다. 그리고 그들이 기대할 수 있는 최대치는 사람들이 생각하는 것만큼 그 책이 좋지는 않다고 설득하는 정도입니다. 자신의 그런 평가조차도 곧 취소될 수 있음을 솔직히 인정하면서 말이지요.

따라서 저의 비평법의 한 가지 결과는 개에게 수많은 가로등이 서로 아무런 차이가 없듯 영문학의 모든 위대한 이름들—일시적인 비평계의 '기득권층'의 보호를 받고 있는 대여섯 명을 제외한—도 고만고만하다고 여기는 비평가의 입을 다물게 하는 것이 될 것입니다. 저는 이것이 좋은 일이라고 생각합니다. 그들이 행사하는 이런 식의 폐위는 엄청난 에너지 낭비입니다. 그들의 독설은 빛을 희생시켜 열을 만들어 냅니다. 사람들이 좋은 독서를 하도록 전혀 돕지 못합니다. 누군가의 취향을 바로잡을 실질적인 방법은 그가 현재 좋아하는 것들을 폄하하는 것이 아니라 더 나은 것을 즐길 수 있도록 가르치는 것입니다.

제가 생각할 때는 이런 것이 읽기 비평을 책 비평의 토대로 삼는 데서 기대할 수 있는 이점입니다. 그런데 지금까지 우리는 이 비평법이 이상적으로 작동하는 모습만을 그려 왔고 문제점들은 다루지

오독誤讀

않았습니다. 실제로는 이보다 못한 상태에서 만족해야 할 것입니다.

책이 읽히는 방식으로 책을 판단하는 것에 대한 가장 분명한 반론은 같은 책이 다른 방식으로 읽힐 수 있다는 사실입니다. 좋은 소설과 좋은 시에 나오는 특정 구절들을 일부 독자들, 주로 초중학생들이 포르노로 취급한다는 것을 우리는 잘 압니다. 지금은 로렌스의 책들이 보급판으로 나오는데, 그 표지의 그림들과 역 매점에 함께 놓인 다른 책들을 보면 그것들이 어떤 식으로 팔리고 어떻게 읽힐지에 대한 판매자들의 생각을 알 수 있습니다. 그러므로 우리는 책을 혹평할 근거가 나쁜 읽기의 존재가 아니라 좋은 읽기의 부재라고 말해야 합니다. 이상적으로 말하자면, 좋은 책이란 좋은 읽기를 '허용하고 초청하고 강제하는' 책이라고 규정할 수 있습니다. 그러나 우리는 '허용하고 초청하는' 정도에서 만족해야 할 것입니다. 잘못된 방식으로 읽는 사람은 몇 쪽 이상 넘어가지 못할 가능성이 높다는 의미에서 좋은 읽기를 강제하는 책들이 분명히 있을 수 있습니다. 시간을 죽이기 위해서나 즐거움을 얻기 위해서, 또는 자기 본위 공상의 보조물로 사용하기 위해 《투사 삼손》,[10] 《라셀라스》, 《호장론壺葬論》[11]을 집어든다면 곧 다시 내려놓게 될 것입니다. 그러나 나쁜 읽기에 저항

---

10) *Samson Agonistes*. 밀턴의 극시.

11) *Urn Burial*, 영국의 의사요 작가인 토마스 브라운(1605~1682)이 노리치 근교에서 발굴된 로마 점령 시대의 뼈단지와 관련, 매장의 형식을 논하면서 죽음과 인간을 명상한 책.

하는 이런 책들이 그런 저항력이 없는 책들보다 반드시 더 나은 것은 아닙니다. 논리적으로 볼 때 일부 장점들이 오용될 수 있고 일부는 그렇지 않은 것은 우연입니다. '초청하는' 것으로 말하자면 초청에는 정도 차가 있을 수 있습니다. 그러므로 우리가 의지할 수 있는 것은 '허용하다'입니다. 완벽하게 나쁜 책은 좋은 읽기가 불가능한 책입니다. 그런 책을 구성하는 글은 면밀한 관심을 감당하지 못하고, 그 글이 전달하는 내용은 그저 스릴이나 기분 좋은 백일몽으로 만족하는 독자가 아닌 한 아무 의미도 없습니다. 그러나 '초청'은 우리가 생각하는 좋은 책의 구성 요소에 포함됩니다. 책에 주목하는 순종적인 읽기는 독자가 아주 열심히 시도해야 겨우 가능할까 말까입니다. 거기에 더해 저자는 독자가 모든 일을 다 하도록 손 놓고 있어서는 안 됩니다. 그는 자신의 글이 정신을 바짝 차리고 치밀하게 읽으면 보상을 안겨 주기 때문에 그렇게 읽힐 자격이 있음을 상당히 빨리 보여 줘야 합니다.

책이 아니라 읽기를 비평의 토대로 삼는 것은 아는 것에서 알 수 없는 것으로 넘어가는 꼴이라는 반론도 있을 수 있습니다. 결국 책은 구할 수 있고 우리가 직접 조사할 수 있습니다만, 다른 사람들의 읽기 방식에 대해 우리는 정말 무엇을 알 수 있을까요? 그러나 이 반론은 보기보다 막강하지 않습니다.

제가 이미 말한 대로 읽기에 대한 판단은 이중적입니다. 첫째, 우리는 일부 독자들을 비문학적이라는 낙인을 찍어 울타리 바깥으로

오독誤讀

내놓습니다. 그다음 울타리 안에서 더 나은 취향과 그보다 못한 취향을 구분합니다. 우리가 첫 번째 판단을 할 때, 해당 독자들은 우리에게 어떤 의식적인 도움도 주지 않을 것입니다. 그들은 읽기에 대해 말하지 않고, 말하고 싶어도 제대로 말하지 못할 것입니다. 그러나 그들은 외적 관찰이 더없이 쉽습니다. 독서가 삶 전체에서 극히 작은 부분을 차지하고 어떤 책이든 집어들고 읽은 순간 오래된 신문처럼 옆으로 던져 버린다면, 비문학적 독자라고 확실하게 진단할 수 있습니다. 그렇다면 우리가 어떤 책을 아무리 나쁘게 생각하고 독자가 아무리 미숙하고 교육 수준이 낮은 것처럼 보여도 그가 그 책을 열정적으로 한결같이 사랑하고 반복하여 읽는다면, 그것은 비문학적 독서일 수 없습니다. 물론 제가 말하는 반복 읽기는 자발적 선택에 의해 이루어져야 합니다. 책이 몇 권 없는 집에 사는 외로운 아이나 먼 항해에 나선 항해사는 '더 나은 것이 없어서 *faut de mieux*' 읽은 책을 다시 읽을 수밖에 없을 수도 있으니까요.

두 번째 구분을 할 때—문학적 독자로 보이는 이들의 취향을 인정하거나 비판할 때—는 외적 관찰에 의한 시험법은 도움이 되지 않습니다. 그러나 그에 대한 보상이라도 하듯, 이 독자들은 자기 입장을 분명히 표현합니다. 그들은 자신이 좋아하는 책들을 이야기하고 그에 대해 글을 쓰기까지 합니다. 그들은 자신이 책을 통해 어떤 즐거움을 얻으며 그것이 어떤 종류의 읽기를 함의하는지 때로는 분명하게, 더 많은 경우에는 무심코 드러냅니다. 그렇게 되면 우리는 누가 로렌스의 책을 그의 문학적 장점에 의거하여 수용하는지, 누가 그 책에 담긴 '반항자'나 '가난한 소년의 성공담'의 원형적 이미지*imago*에 주로 매력을 느끼는지, 누가 단테를 시인으로 사랑하고 누가 그를 토마스주의자로 사랑하는지, 누가 한 저자 안에서 정신적 존재의 확장을 구하고 누가 자존감의 확대만 추구하는지, 확실하지는 않아도 종종 상당한 개연성을 갖고 판단할 수 있습니다. 사람들이 한 작가에게 보내는 찬사의 전부나 대부분이 그들이 가진 기호嗜好의 비문학적, 또는 반反문학적, 또는 문학 외적 동기를 드러낸다면, 우리는 그 작가의 책에 대해 비슷한 의심을 품게 될 것입니다.

물론 우리는 그 책을 직접 읽어 보는 실험을 마다치 않을 것입니다. 그러나 이것을 특정한 방식으로 진행할 것입니다. 현재 나쁜 작가로 의심받고 있는 누군가(예를 들면 셀리나 체스터턴)에 대한 기존의 나쁜 견해가 옳다는 것을 확인하기 위해 그의 책을 읽는 것은 아무것도 밝혀 주지 못합니다. 어떤 결과가 나올지는 이미 뻔하니까요. 누군가를 불신하는 상태로 그를 만나게 되면, 그의 모든 언행이 그에 대한 의심을 확증해 주는 듯 보일 것입니다. 어떤 책이든 결국 아주 좋을 수 있는 가능성을 열어 놓고 읽어야만 나쁜 책인지 아닌지 알 수 있습니다. 우리 마음을 비우고 자신을 열어 놓아야 합니다. 허점을 찾아낼 수 없는 작품은 없고, 독자 측의 예비적인 선의의 행동 없이 성공할 수 있는 작품 역시 없습니다.

그 안에 모종의 장점이 있을 백분의 일의 확률 때문에 나쁜 책일 것이 거의 확실한 작품을 가지고 그런 수고를 해야 하느냐고 물을 수 있겠습니다. 그래야 할 이유는 전혀 없습니다만, 우리가 그 책에 대해 판단을 내려야 한다면 얘기가 달라집니다. 아무도 여러분에게 법정에서 진행되는 모든 사건에 대해 증거를 들어 보라고 요구하지 않습니다. 그러나 만약 여러분이 판사석에 앉아 있다면, 자원해서 그 자리에 앉아 있다면 더더욱, 저는 여러분이 증거를 들어 봐야 한다고 생각합니다. 누구도 제게 마틴 터퍼[12]나 아만다 로스[13]를 평가하라고 강요하지 않습니다. 하지만 제가 그들을 평가할 필요가 있는 상황이라면 그들의 책을 제대로 읽어야 합니다.

어떤 이들에게는 이 모두가 혹평을 들어야 마땅한 나쁜 책들을 보호하기 위한 정교한 장치로 보일 수밖에 없습니다. 저나 제 친구들이 염두에 둔 아끼는 책들이 있나 보다 생각할 수도 있습니다. 그건 어쩔 수 없습니다. 저는 부정적인 판단이 언제나 가장 위험한 판단이라고 사람들을 설득하고 싶습니다. 사실이 그렇다고 믿기 때문입니다. 부정적인 판단이 가장 위험한 판단인 이유는 분명합니다. 부정적 명제는 긍정적 명제보다 입증하기가 더 어렵습니다. 거미가 있다고 말하려면 방을 한 번만 훑어봐도 됩니다만, 거미가 없다고 확실히

12) Martin Tupper, 1810~1889. 영국의 작가, 시인.
13) Amanda Ross, 1860~1939. 아일랜드 작가. 일부 비평가들이 최악의 산문작가 및 시인으로 평가한다.

말하려면 (적어도) 대청소를 해야 할 것입니다. 우리가 어떤 책이 좋다고 선언할 때, 그 선언의 근거로 삼을 만한 우리 자신의 긍정적 경험이 있습니다. 우리는 정말 좋은 독서를 경험했고 그런 독서로 초청받았고 그런 독서를 하지 않을 수 없음을 발견했습니다. 어쨌건 우리가 할 수 있는 최고의 독서를 할 수 있었습니다. 우리의 최고 독서가 어느 정도의 수준인지에 대한 약간의 의심은 남을 테고 그래야 마땅하겠지만, 우리의 독서 중 어떤 것이 더 낫고 어떤 것이 더 못한지에 대해서는 잘못 판단할 여지가 거의 없습니다. 그러나 어떤 책이 나쁘다고 선언하려면 그 책이 우리에게 좋은 반응을 전혀 불러일으키지 못한다는 사실을 발견하는 것만으로 충분하지 않습니다. 그것은 우리 탓일 수도 있으니까요. 우리는 그 책을 나쁘다고 말함으로서 그 책이 나쁜 읽기를 유발한다가 아니라 좋은 읽기를 유발할 수 없다고 주장하는 것입니다. 이런 부정적 명제는 결코 확실한 것일 수 없습니다. 저는 어떤 책을 두고 이렇게 말할 수 있습니다. "내가 이 책에서 즐거움을 얻는다면, 그것은 그저 일시적인 스릴이나 희망적 몽상이나 저자의 견해에 동의하는 데서 오는 즐거움 정도일 것 같다." 그러나 다른 사람들은 그 책으로 제가 하지 못한 경험을 할 수도 있습니다.

불행한 역설에 의해, 가장 세련되고 예민한 비평도 다른 여느 비평 못지않게 이 특정한 위험에 노출되어 있습니다. 세련된 비평은 (상당히 합당하게) 모든 단어를 숙고하고 문체사냥꾼이 말하는 문체와는 다른 의미에서 작가의 문체로 작가를 판단합니다. 작가가 쓴 어떤 단어나 구절에 그의 태도상의 결함을 드러낼 만한 함의나 함축이 있는지 예의주시합니다. 그 자체로 보면 더없이 정당한 입장입니다. 그러나 그 비평가는 자신이 저자에게서 감지하는 미묘한 차이들이 자신이 속한 집단 너머에도 실제로 존재하는지 확인할 필요가 있습니다. 세련된 비평가일수록 아주 소규모의 문인littérateurs 집단의 일원이 되어 그 안의 사람들끼리 끊임없이 만나고 서로의 글을 읽으면서 거의 그들만의 언어를 만들어 냈을 가능성이 높습니다. 작가가 그 무리에 속하지 않은 경우, 세련된 비평가들의 눈에는 그의 글이 온갖 함의를 가진 것으로 보이겠지만 정작 그것은 작가 본인은 물론 그가 얘기를 나눈 누구에게도 존재하지 않는 함의일 가능성이 있습니다. 최근에 저는 어떤 어구에 인용부호를 붙였다는 이유로 익살을 부린다는 한소리를 들었습니다. 제가 인용부호를 붙인 것은 그 어구가 미국식 표현이고 구어 용법으로 볼 때도 아직 영국 영어로 자리 잡지 않았다고 생각했기 때문이었습니다. 저는 프랑스어 어구를 이탤릭체로 쓰듯 그 어구에 인용부호를 쓴 것이었는데, 이탤릭체로 쓰지 않은 이유는 독자들이 제가 강조의 뜻으로 썼다고 생각할 수 있을 것 같아서였습니다. 저를 비판한 사람이 그것을 가리켜 세련되지 못한 일이라고 말했다면 옳은 말일 수도 있었을 것입니다. 그러나 익살을 부린다는 표현은 그와 제가 서로 딴소리를 하고 있음을 보여 주었습니다. 제가 사는 곳에서는 누구도 인용부호가 재미있다고 생각하지 않았습니다. 불필요하거나 잘못 사용되었다고 생각할 수는 있으나, 재미있다고 생각하지는 않았습니다. 저를 비판한 분이 사는 곳에서는 인용부호에 늘 일종의 조롱을 담아서 사용하는 듯합니다. 게다가 제게는 다소 외국어로 느껴지는 말이 그에게는 관용적으로 쓰이는 현대 영어 표현일 수도 있겠습니다. 이런 일은 드물지 않은 것 같습니다. 세련된 비평가들은 자기들 무리에서 흔한 영어 용법—실은 아주 난해하고, 때로는 그리 편리하지도 않고, 언제나 빠르게 변하는—이 모든 식자들에게 공통적인 것이라고 가정합니다. 또 그들은 고작 작가의 연령대나 런던에서 멀리 떨어져 산다는 것 정도를 암시하는 대목에서 작가의 숨겨진 태도를 보여 주는 징후를 발견하기도 합니다. 그런 비평가들 사이에서 작가의 처지는 어떤 대학이나 집에 초대를 받아 저녁식사를 하는 중에 별생각 없이 뭔가를 말했는데 그곳 사람들만 아는 농담이나 비극을 떠올리게 만든 이방인의 처지와 같습니다. '행간을 읽는 것'은 불가피하지만 행간을 읽을 때는 아주 조심해야 합니다. 그렇지 않으면 별것 아닌 것을 대발견으로 착각하게 될 수도 있습니다.

제가 제안하는 비평법과 그 비평법의 정신 전체를 받아들이면 엄밀하게 평가적인 비평의 효용, 그중에서도 특히 부정적 비평의 효용에 대한 믿음이 약화되는 경향이 있다는 점은 부인할 수 없습니다. 평가적 비평가들은 어원적으로 볼 때 비평가라는 이름에 걸맞은 유일한 부류이지만, 이들만을 비평가라고 부르는 것은 아닙니다. 평가는 아널드의 비평 개념에서 작은 부분을 차지합니다. 그에게 비평은 '본질적으로' 호기심을 발휘하는 것이고, 그의 정의에 따르면 호기심은 "온갖 주제들에 대해 머리를 자유롭게 굴려 보는 것을 사심 없이 좋아하는 마음"*입니다. 중요한 것은 "대상 자체를 있는 그대로 보는 것"**입니다. 세상 사람들을 향해 호메로스 같은 부류의 시인을 참으로 좋아해야 마땅하다고 말하는 것보다는 호메로스가 정확히 어떤 부류의 시인인지 살피는 것이 더 중요합니다. 최고의 가치판단은 "새로운 지식을 구비한 맑고 또렷한 정신 안에서 거의 은연중에 형성되는"*** 것입니다. 아널드가 말하는 의미에서의 비평이 양과 질 모두에서 충분했다면, 평가의 의미에서의 비평은 거의 필요하지 않았을 것입니다. 자기의 평가를 다른 이들에게 강요하는 비평가의 기능은 더더구나 필요하지 않았을 것입니다. "비평의 위대한 기술은 방해되지 않게 물러나서 인류가 결정하도록 맡기는 것이다."**** 우리는 다른 사람들이 감탄하거나 경멸한다고 주장하는 작품을 있는 모습 그대로 보게 해주어야 합니다. 작품 성격을 묘사하고 정의한 다음, 그들 자신의 (이제는 더 잘 아는 상태에서 우러나는) 반응에 그들을 맡기는 것입니다. 아널드는 비평가에게 지나친 완벽주의를 채택하지

* *Function of Criticism.*
** *On Translating Homer,* 11.
*** *Function of Criticism.*
**** *Pagan and Mediaeval Religious Sentiment.*

말라고 경고하기까지 했습니다. 그는 "최고의 것, 완벽에 대한 생각을 간직해야 하지만, 그와 동시에 모습을 드러내는 모든 차선에도 기꺼이 다가가야"* 합니다. 한마디로 그는 맥도널드가 하나님의 특성으로 정의한 것, 체스터턴이 맥도널드를 따라 비평가의 특성으로 정의한 것을 갖고 있어야 합니다. "기쁘게 하기는 쉽지만 만족시키기는 어려운" 상태 말입니다.

아널드가 구상했던 비평은 (그의 실제 비평을 어떻게 생각하건 간에) 제가 볼 때 아주 유용한 활동입니다. 문제는 책들의 장단점을 발표하는 비평에 대한 것입니다. 평가와 평가절하에 대한 것이지요. 사람들은 한때 그런 비평이 작가들에게 유용하다고 여겼습니다. 그러나 이제 그런 생각은 대부분 폐기되었습니다. 이제 그런 비평은 소위 독자들에 대한 쓸모 때문에 가치를 인정받고 있습니다. 이제 저는 바로 이런 관점에서 평가적 비평을 생각해 보려 합니다. 제가 볼 때 평가적 비평의 존망은 좋은 독자가 좋은 책을 잘 읽고 그렇게 해서 문학의 가치가 실행 가운데_in actu_ 존재하는 바로 그 순간들을 증가시키고 보호하고 늘이는 능력이 있는가에 달려 있습니다.

이것은 몇 년 전만 해도 제가 한 번도 자문해 보지 않았던 다음의 질문을 하게 만듭니다. 어떤 평가적 비평이라도 이제껏 위대한 문

---

* _Last Words on Translating Homer._

오독誤讀

학 작품이나 그 일부를 이해하고 감상하는 데 실제로 도움이 된 적이 있다고 확실히 말할 수 있을까요?

이 부분에서 제가 지금껏 어떤 도움을 받았는지 자문해 보니 다소 뜻밖의 결과를 얻게 되었습니다. 평가적 비평가들은 도움의 목록 맨 아래에 위치하고 있었습니다.

목록 맨 위에는 문학 전문가들이 있었지요. 저는 편집자들, 본문 비평가들, 주석가들, 사전편찬자들에게 어느 누구보다 큰 도움을 받았고 계속 받을 것이 분명합니다. 저자가 실제로 뭐라고 썼고 어려운 말들은 어떤 의미였는지, 어떤 인유들이 있는지 밝혀내는 작업이 백 가지 새로운 해석이나 평가보다 더 큰 도움을 제게 주었습니다.

목록 두 번째 항목에는 경멸받는 계층인 문학사가들이 있었습니다. 제가 말하는 사람들은 커[14]나 올리버 엘튼[15] 같은 정말 괜찮은 문학사가들입니다. 무엇보다 이들은 어떤 작품들이 존재하는지 말해 줌으로써 저를 도왔습니다. 그러나 그것보다 더 큰 도움은 그 작품들이 어떤 배경에서 나왔는지 알려준 것이었습니다. 그렇게 해서 저는 그 작품들이 어떤 요구를 만족시키려 했는지, 독자들의 머릿속에 어떤 내용이 들어 있다고 전제했는지 알게 되었습니다. 그들은 제

---

14) W. P. Ker, 1855~1923. 스코틀랜드의 문학 학자, 에세이 작가.
15) Oliver Elton, 1861~1945.

가 잘못된 접근법에서 벗어나도록 이끌어 주었고, 무엇을 찾아야 할지 가르쳐 주었고, 그 작품들을 읽을 독자들의 사고방식 속에 어느 정도 들어가 볼 수 있게 해주었습니다. 제가 그럴 수 있었던 것은 문학사가들이 대체로 아널드의 조언을 받아들여 길을 가로막지 않았기 때문이었습니다. 그들은 책을 판단하는 것보다는 묘사하는 데 훨씬 관심이 있었습니다.

세 번째는 솔직히 말해 다양한 감성적 비평가들을 꼽겠습니다. 그들은 제 성장기에 큰 도움을 주었는데, 자신들의 열정을 제게 전염시켰고 그들이 감탄하던 작가들에 대한 왕성한 호기심을 갖고 그들을 떠나게 해주었습니다. 이제는 그 비평가들의 글 대부분을 다시 읽지 않겠지만, 그들의 책은 한동안 유용했습니다. 그들은 저의 지성을 위해서는 별로 해준 것이 없지만 '마음corage'에 큰 일을 해주었습니다. 그렇습니다, 맥케일[16]마저도 그런 역할을 했습니다.

그러나 위대한 비평가들로 평가받는 이들(살아 있는 이들은 배제합니다)을 생각할 때, 저는 말문이 막힙니다. 정직하고 엄밀하게 말해서, 제가 아리스토텔레스, 드라이든, 존슨, 레싱, 콜리지, 아널드(현직 비평가로서), 페이터,[17] 브래들리의 글을 읽음으로써 어떤 장면과 장, 연과

---

16) John William Mackail, 1859~1945. 스코틀랜드의 문인. 시인, 문학사가, 전기작가.
17) Walter Pater, 1839~1894.

행을 더 잘 감상하게 되었다고 자신 있게 말할 수 있을까요? 그럴 수 있다는 확신이 없습니다.

그리고 상황이 어떻게 다를 수가 있겠습니까? 우리는 우리가 이미 읽은 책의 내용을 얼마나 밝혀 주는가 하는 정도에 따라 비평가를 어김없이 판단하니 말입니다. "몽테뉴를 사랑하는 것은 자신을 사랑하는 것이다*aimer Montaigne, c'est aimer soi même*"라는 브뤼느티에르[18]의 말은 제가 볼 때 이제껏 읽어 본 어떤 글 못지않게 통찰력이 있습니다. 하지만 제가 브뤼느티에르의 글이 통찰력이 있음을 알 수 있었던 것은, 오로지 제가 읽은 몽테뉴의 글에서 그동안 제가 충분히 주목하지 못했던 요소를 브뤼테니르가 짚어 주었다는 점을 바로 알아보는 경험을 했기 때문입니다. 그러므로 제가 몽테뉴를 즐기는 것이 먼저입니다. 브뤼느티에르를 읽는 것은 제가 몽테뉴를 즐기는 데 도움이 되지 않습니다. 몽테뉴를 읽고 난 뒤에야 제가 브뤼느티에르를 읽을 수 있습니다. 저는 드라이든의 산문에 대한 존슨의 묘사를 모르는 상태에서도 드라이든의 산문을 즐길 수 있었습니다. 그러나 드라이든의 산문을 먼저 읽지 않고는 존슨의 묘사를 온전히 즐길 수 없었을 것입니다. 러스킨[19]이 《프라이테리타》*에서 존슨의 산

---

18) Ferdinand Brunetière, 1849~1906. 프랑스의 작가, 비평가.
19) John Ruskin, 1819~1900. 영국의 비평가, 사회사상가.
* 12장 단락 251.(*Praeterita*, '과거지사'라는 뜻. 러스킨의 미완성 자서전—옮긴이)

문을 아름답게 묘사한 대목에 대해서도 필요한 변경을 가하여*mutatis mutandis* 같은 말을 할 수 있습니다. 제가 "그래, 《오이디푸스 왕》은 바로 이런 식으로 그런 효과를 만들어 내는 거야"라고 말할 수 없다면 좋은 비극의 줄거리에 대한 아리스토텔레스의 생각이 건전한지 터무니없는지 어떻게 알 수 있겠습니까? 작가들을 즐기기 위해 비평가들이 필요한 것이 아니라 비평가들을 즐기기 위해 작가들이 필요하다는 것이 현실입니다.

비평은 통상 우리가 이미 읽은 글에 회고적 빛을 비춰 줍니다. 때로는 우리가 전에 읽을 때 지나치게 강조했거나 무시했던 것을 바로잡아 주고 향후 다시 읽을 때 더 잘 읽을 수 있게 해줍니다. 그러나 한 작품을 오랫동안 알고 지낸 성숙하고 철저한 독자에게 비평이 그런 일을 해주는 경우는 많지 않습니다. 그가 그 오랜 세월 동안 그 책을 잘못 읽어 왔을 만큼 어리석다면, 앞으로도 계속 잘못 읽을 가능성이 높습니다. 제 경험상 훌륭한 의사 전달자나 문학사가는 한마디 칭찬이나 비난도 없이 우리를 바로잡아 줄 가능성이 높습니다. 행복한 시간에 혼자서 다시 책을 읽는 것도 같은 효과를 낼 가능성이 높습니다. 둘 중 하나를 선택해야 한다면, 초서에 대한 새로운 비평을 읽는 것보다는 초서를 다시 읽는 것이 언제나 더 낫습니다.

우리가 이미 가졌던 문학적 경험들을 비추는 회고적 빛이 무가치하다는 말은 결코 아닙니다. 인간의 본성상 우리는 경험할 뿐 아니라 경험한 내용을 분석하고 이해하고 표현하고 싶어 합니다. 그리고 우리는 인간이고, 원래 사회적 동물이니 '의견을 교환'하고 싶어 합니다. 문학에 대해서만이 아니라 음식, 정치, 경기 결과, 같이 아는 존경하는 사람에 대해서도 그렇게 하고 싶어 합니다. 우리는 자신이 즐기는 것을 다른 사람들은 정확히 어떻게 즐기는지 듣는 것을 좋아합니다. 일급 지성의 소유자가 아주 뛰어난 작품에 어떻게 반응하는지 듣는 것을 특히 즐기지요. 자연스럽고 전적으로 타당한 일입니다. 그래서 우리는 위대한 비평가들의 글을 흥미롭게 읽습니다(많이 동의하게 되지는 않습니다만). 그들의 비평은 아주 잘 읽힙니다. 그러나 다른 사람들의 독서를 돕는 존재로서 그들의 가치는 과대평가되었다고 저는 생각합니다.

이 문제에 대한 저의 이런 견해는 경계警戒파 비평가들이라 불릴 만한 이들을 만족시키지 못하지 싶습니다. 그들에게 비평은 사회적·윤리적 위생학의 한 형태입니다. 그들은 모든 명확한 사고, 모든 현실 감각, 모든 생활의 기품이 선전과 광고와 영화와 텔레비전으로 사방에서 위협을 받는 것을 봅니다. 미디안 군대가 "두루 다니며 삼킬 자를 찾습니다." 그러나 그 군대는 그중에서도 인쇄된 글에서 가장 위험천만하게 누비고 다닙니다. 인쇄된 글은 가장 미묘하게 위험하여 "할 수만 있으면 택하신 자들도 미혹"하려 듭니다. 그것도 울타리 밖의 뻔한 쓰레기가 아니라 울타리 안쪽 깊숙이 들어와 있는 (잘 알지 못하는 사람의 눈에) '문학적'으로 보이는 작가들 안에서 그런 미혹의 시도가 있습니다. 버로스의 책들과 서부물은 군중만 유혹하지만, 밀턴,

셸리, 램, 디킨스, 메러디스, 키플링, 델 라 메어[20]의 책에는 더 미묘한 독이 도사리고 있습니다. 경계파 비평가들은 이들에 맞서 우리의 감시인이자 탐정 노릇을 합니다. 그들은 너무 독하고 아널드가 말한 대로 "호불호에 있어서 완고하고 지나치게 격렬하다. 내가 볼 때 섬사람 특유의 흉포성의 잔재가 남아 있다"[*]는 비난을 받았습니다. 그러나 그것은 공정한 비난이 아닙니다. 그들은 전적으로 정직하고 온전히 진지합니다. 그들은 자신들이 거대한 악을 탐지하고 억제하고 있다고 믿습니다. "만일 복음을 전하지 아니하면 내게 화가 있을 것이로다"라고 말한 사도 바울처럼 그들은 진심으로 이렇게 말할 것입니다. 내가 상스러움, 피상성, 거짓 감정을 찾아내어 모두 폭로하지 않으면 내게 화가 미칠 것이라고. 진심 어린 종교재판관이나 마녀사냥꾼은 신의 선택을 받은 자신의 일을 적당히 할 수 없습니다.

경계파 비평가들이 좋은 독서에 도움이 되는지 방해가 되는지 판단할 만한 문학적 공통점을 찾기는 분명히 어렵습니다. 그들은 스스로 좋다고 생각하는 종류의 문학적 경험을 고취하고자 힘씁니다. 그러나 문학에서 좋은 것에 대한 그들의 생각은 좋은 삶에 대한 그들의 전반적 생각과 일맥상통합니다. 그들의 가치체계는 정식으로*en règle*

---

20) Walter De La Mare, 1873~1956. 영국의 시인, 소설가, 극작가, 단편 작가.
[*] *Last Words on Translating Homer.*

오독誤讀

제시된 적이 한 번도 없지만 모든 비평 활동에 개입하고 있습니다. 모든 비평이 문학 이외의 문제들에 대한 비평가의 견해에도 영향을 받는 것이 분명합니다. 그러나 우리가 대체로 나쁘다고 생각하는 견해라도 글로 잘 표현해 내기만 하면 기꺼이 불신(또는 믿음)이나 거부감을 유예하고 어느 정도 자유롭게 읽는 모습이 있었습니다. 포르노 자체는 안 좋게 여기면서도 오비디우스가 그의 포르노를 역겹지도 숨막히지도 않게 그려 낸 글에는 찬사를 보낼 수 있었지요. "뭐가 됐건 야수와 불한당이 세상을 만들었다"는 하우스먼의 말은 되풀이해서 등장하는 한 가지 관점을 산뜻하게 표현해 냈다고 받아들일 수 있습니다. 차분한 마음으로 생각해 보면 실제 우주에 대한 어떤 가설에 근거해 봐도 이 관점은 말도 안 된다고 생각할 수밖에 없다고 해도 말입니다. 《아들과 연인Sons and Lovers》의 숲속에서 관계를 맺는 젊은 남녀가 자신들이 ('생명'의) 거대한 '융기'에 들어 올려진 '낟알'이라고 느끼는 장면도 어느 정도 즐길 수 있습니다―"느낌이 전해"지니까요. 그 와중에도 머릿속 한편에서는 이런 식의 베르그송적인 생명력 숭배와 그로부터 이끌어 낸 실천적 결론이 매우 혼란스럽고 어쩌면 유해할 수도 있다고 분명히 판단하게 된다고 해도 말입니다. 그러나 경계론자들은 모든 표현에서 수용 여부에 생사가 달린 문제가 될 수 있는 태도의 징후를 발견하기 때문에 스스로에게 이런 자유를 허락하지 않습니다. 그들에게는 그 어떤 것도 취향의 문제가 아닙니다. 그들은 미학적 영역 같은 경험의 영역을 인정하지 않습니다. 그들에게 문학적 좋음은 따로 존재하지 않습니다. 그들은 어떤 작품이나 어떤 한 구절이 어떤 의미에서건 좋으려면 삶의 일부로서 좋아야 한다고 생각합니다. 좋은 삶의 본질적 요소에 해당하는 태도를 드러내야 한다는 것이지요. 그러므로 그들의 비평을 받아들이려면 좋은 삶에 대한 그들의 (함축된) 개념을 받아들여야 합니다. 즉 비평가로서 그들을 훌륭하다고 생각하려면 현인으로서 그들을 존경해야 합니다. 그리고 현인으로서 그들을 존경하기 위해서는 먼저 그들이 제시하는 가치체계 전체를 비평의 도구 정도가 아니라 적절한 재판관, 도덕가, 도덕신학자, 심리학자, 사회학자, 철학자들 앞에 내놓아도 손색이 없는, 자격조건이 충분한 자립적 체계라고 여겨야 합니다. 그들이 좋은 비평가이기 때문에 그들을 현인으로 받아들이고 그들이 현인이기 때문에 좋은 비평가라고 믿는 식으로 순환논리를 펴서는 곤란하니까요.

한동안 우리는 경계파 비평가들이 어떤 유익을 끼칠 수 있는지에 대해서는 판단을 유예해야 합니다. 그러나 그들이 해를 끼칠 수 있다는 징후들은 지금도 있습니다. 우리는 정치 영역을 통해 치안위원회, 마녀사냥꾼들, 큐클럭스클랜(KKK단), 오렌지 당원들,[21] 공산주의자 사냥꾼들Macarthyites과 그밖에 이와 유사한 모든 자들*et hoc genus*

---

21) Orangemen. 북아일랜드가 영국에 계속 통합되어 있어야 한다고 주장하는 신교도 정당 당원들.

오독誤讀

*omne*이 그들이 맞서 싸우려는 상대편 사람들 못지않게 큰 위험이 될 수 있음을 알게 되었습니다. 단두대 사용은 중독이 됩니다. 그러다 보니 경계론의 비평 아래서 거의 다달이 새로운 머리가 잘려 나갑니다. 인정받는 작가들의 목록은 터무니없이 짧아집니다. 누구도 안전하지 않습니다. 경계론적 인생철학이 혹시 잘못된 것이라면, 경계적 비평은 이미 좋은 독자와 좋은 책의 수많은 행복한 결합을 가로막은 것이 틀림없습니다. 설령 그것이 옳다 해도, 속지 않겠다는 결심, 혹시 모를 저속한 매력에 넘어가지 않겠다는 다짐으로 완전무장한 채 조심하면서 어떻게 좋은 작품을 수용하는 데 필요한 항복이 가능한지 의심해 보아야 할 것입니다. 완전무장과 항복이 동시에 이루어질 수 없습니다.

누군가의 말을 매몰차게 끊고 엄중하게 해명을 요구하고 이런저런 질문들을 던지고 조금만 일관성이 없다 싶으면 대뜸 말을 물고 늘어지는 것이 거짓 증인이나 꾀병 부리는 사람의 정체를 폭로하는 데는 좋은 방법일 수 있습니다. 그러나 수줍음이 많거나 긴장하면 말문이 막히는 사람이 이야기하기 어려운 진실을 알고 있을 경우, 그 방법으로는 결코 진실을 들을 수 없습니다. 단단히 마음을 무장한 채 의심을 품고 다가가면 나쁜 작가에게 속아 넘어갈 일이 없겠지만 좋은 저자의 잘 드러나지 않고 포착하기 어려운 장점들에도 눈멀고 귀먹을 수 있습니다. 인기가 없는 작가의 경우 특히 더 그렇습니다.

그래서 저는 평가적 비평의 적법성이나 즐거움에 대해서가 아니라 평가적 비평의 필요성이나 효용에 대해 여전히 회의적입니다. 특히 현재는 더 그렇습니다. 대학 영문학과 우등생들의 에세이를 본 사람들은 한결같이 학생들이 다른 책들의 안경을 통해서만 책을 보는 경향이 늘어나고 있음을 알아채고 고충을 토로합니다. 학생들은 모든 희극, 시, 소설에 대해 저명한 비평가의 견해를 제시합니다. 때로는 초서 비평이나 셰익스피어 비평은 놀랍도록 잘 알면서 정작 초서나 셰익스피어의 작품에 대한 지식은 한심할 만큼 부족하기도 합니다. 우리가 독자의 개인적 반응을 만나는 경우는 점점 더 줄어들고 있습니다. 무엇보다 중요한 결합(독자와 텍스트의 만남)이 저절로 일어나 자연스럽게 전개되도록 허용된 적이 없는 것 같습니다. 젊은이들은 비평에 흠뻑 젖어 몽롱해지고 지친 나머지 일차적인 문학적 경험이 더 이상 가능하지 않은 지점까지 이른 것이 분명합니다. 경계론자들은 위험한 사람들로부터 우리를 지켜 주겠다고 말하지만, 제가 볼때는 이 사태가 우리 문화에 그 무엇보다 큰 위협이 됩니다.

그런 비평의 과식은 너무나 위험하고 즉각 치료가 요구됩니다. 과식은 금식의 아버지라는 말도 있습니다. 평가적 비평의 글을 읽거나 쓰는 것을 십 년이나 이십 년 정도 끊어 볼 것을 제안하고 싶습니다. 그러면 우리 모두에게 엄청난 유익이 있을 것입니다.

맺음말

지금까지 탐구 과정에서 저는 문학의 가치가 (a) 우리에게 삶에 대한 진실을 말해 준다는 데 있다는 견해와 (b) 문화의 보조물이라는 데 있다는 견해를 거부했습니다. 저는 우리가 읽는 동안에는 읽는 작품의 수용 자체를 목적으로 삼아야 한다고 했습니다. 그리고 현실에서 좋은 것이 아니면 어떤 것도 문학으로서 좋을 수 없다는 경계론자들의 믿음에 이의를 제기했습니다. 이 모두는 특별히 문학적 '좋음' 또는 '가치'의 개념을 함축하고 있습니다. 일부 독자는 이 좋음이 무엇인지 제가 분명히 밝히지 않았다고 불평하실 수 있습니다. 이렇게 물으실지도 모르겠습니다. 당신은 쾌락주의적 이론을 내세우면서 문학적 좋음을 즐거움과 동일시하는 것인가? 아니면 크로체[1]처럼 '미학적인 것'을 논리적인 것과도 실제적인 것과도 완전히 구별되는 경험 방식으로 내세우는 것인가? 왜 패를 분명히 보여 주지 않는가?

그런데 저는 이런 종류의 책에서 제가 그렇게 해야 할 어떤 의무

---

1) Benedetto Croce, 1866~1952. 이탈리아의 철학자.

도 없다고 생각합니다. 저는 문학적 실천과 경험에 관해 내부에서 쓰고 있습니다. 문학인으로 자처하는 제가 다른 문학인들을 대상으로 이 글을 쓰고 있기 때문입니다. 여러분과 제게 문학의 좋음이 정확히 무엇인지 논해야 할 특별한 의무나 자격이 있습니까? 어떤 활동의 가치를 설명하는 일, 더 나아가 그 가치를 가치의 위계 안의 특정한 자리에 배치하는 일은 일반적으로 그 활동 자체의 내용이 아닙니다. 수학자는 수학의 가치를 논할 수 있지만 그래야 할 필요는 없습니다. 요리사와 식도락가는 요리를 제대로 논하지 못할 수도 있습니다. 음식을 맛있게 요리하는 것이 과연 중요한지, 왜 중요한지, 얼마나 중요한지 따지는 것은 그들의 몫이 아니니까요. 그런 종류의 질문은 아리스토텔레스가 '더 건축적' 탐구라고 부를 만한 부류에 속합니다. '학문의 여왕'에 속한 영역이라고 하겠습니다. 지금도 학문의 왕위에 오를 만한 자타가 공인하는 후보가 남아 있다면 말이지요. 우리는 '너무 많은 것을 떠맡지' 말아야 합니다. 우리의 좋고 나쁜 독서의 경험을 문학적 좋음의 본질과 지위에 대한 완성된 이론으로 정리하려는 시도에는 안 좋은 점이 있을 수 있습니다. 자신의 이론을 뒷받침해 줄 독서 경험을 날조하고 싶은 유혹을 받을 수 있으니까요. 우리가 책을 통해 경험하는 것들이 문학적인 성격이 강할수록, 어느 하나의 가치이론에 오염되는 정도가 덜할 것이고 건축적 탐구자에게는 더욱 유용할 것입니다. 우리가 문학적 좋음에 대해 말하는 내용이 탐구자의 이론들을 검증하거나 반증하는 데 큰 도움이 되려면 그런 말을 할 때 그렇게 검증 내지 반증하려는 의도가 없어야 합니다.

그럼에도 불구하고, 침묵은 안 좋은 방향으로 해석될 수 있기 때문에 제가 가진 몇 안 되는 소박한 패를 펼쳐 놓겠습니다.

우리가 문학을 가장 넓은 의미로 사용하여 지식의 문학과 힘의 문학을 다 아우른다면, '누군가가 쓴 글을 읽는 것이 무슨 유익이 있느냐?'라는 질문은 '누군가가 하는 말을 듣는 것이 무슨 소용인가?'라는 질문과 같습니다. 자기가 원하는 모든 정보, 오락, 조언, 질책과 흥을 스스로 제공할 능력이 있는 사람이 아닌 한, 대답은 뻔합니다. 그리고 듣거나 읽는 것이 가치 있는 일이라면 주의를 집중해서 듣고 읽는 것 역시 가치 있는 일일 것입니다. 어떤 것에는 주의할 만한 가치가 없다는 것도 주의를 기울여야만 알 수 있습니다.

그런데 문학을 더 좁은 의미로 받아들인다면 질문도 더 복잡해집니다. 문학적 예술 작품은 두 가지 견지에서 고려할 수 있습니다. 그것은 의미하기도 하고 존재하기도 합니다. 로고스(말한 것)이자 포이에마(만든 것)입니다. 로고스로서의 문학적 예술 작품은 이야기를 들려주거나 감정을 표현하거나 권고하거나 간청하거나 묘사하거나 꾸짖거나 웃음을 유발합니다. 포이에마로서의 문학적 예술 작품은 청각적 아름다움 및 작품을 구성하는 이어지는 부분들의 균형과 대조, 통합된 다양성으로 드러나는 예술품object d'art, 즉 큰 만족을 선사하기 위해 만든 물건입니다. 그림과 시의 오래된 비교는 이런 관점에서, 어쩌면 이 관점에서만 도움이 됩니다.

문학적 예술 작품의 이 두 가지 특징은 추상작용에 의해 분리가 되고, 더 나은 작품일수록 그 추상작용이 더 폭력적으로 느껴집니다. 불행히도 이것은 피할 수 없는 일입니다.

　　포이에마로서의 예술 작품에 대한 경험은 의문의 여지없이 강한 쾌락입니다. 그런 경험을 해본 사람은 그 경험을 다시 원하게 됩니다. 양심상 그래야 할 의무도 없고 굳이 필요하지도 않고 그럴 수밖에 없는 상황도 아니고 이익이 달린 문제도 아니지만, 그들은 같은 종류의 새로운 경험을 찾아 나섭니다. 이런 조건들을 만족시키는 경험이 쾌락이라는 것을 누군가가 부인한다면, 그는 이런 경험을 배제하는 쾌락의 정의를 내놓아야 할 것입니다. 문학 또는 예술 일반을 다룬 단순한 쾌락주의적 이론에 대한 진정한 반론은 '쾌락'이 아주 고도의, 따라서 아주 텅 빈 추상 개념이라는 것입니다. 그러나 이 개념이 적용되는 대상은 너무 많고 내포하는 바는 너무 적습니다. 여러분이 제게 어떤 것이 쾌락이라고 말하면, 저는 그것이 복수에 가까운지, 버터 바른 토스트나 성공이나 흠모에 가까운지, 위험에서 벗어남이나 시원하게 긁는 것에 가까운지 알 수 없습니다. 여러분은 문학이 쾌락이라고 두루뭉술하게 말할 것이 아니라 문학에 적절한 특정한 쾌락을 준다고 말해야 할 것이고, '적절한 쾌락'이 무엇인지 정의하는 것이 여러분이 진짜로 해야 할 일일 것입니다. 그리고 여러분이 그 일을 마칠 무렵에는 처음에 '쾌락'이라는 단어를 썼다는 사실이 그리 중요해 보이지 않을 것입니다.

그러므로 포이에마의 모양이 우리에게 쾌락을 준다고 말하는 것은 옳을지 몰라도 도움이 되지 않습니다. 우리는 부분들이 시간적으로 연이어 나타나는 대상에 '모양'이라는 말이 적용될 때 (음악과 문학의 부분들이 그런 것처럼) 그 말이 은유라는 점을 기억해야 합니다. 어떤 포이에마의 모양을 즐기는 것은 어떤 집이나 꽃병의 (문자적) 모양을 즐기는 것과는 아주 다른 일입니다. 그 포이에마를 구성하는 부분들은 우리 자신들이 하는 것들입니다. 우리는 다양한 상상, 상상된 느낌들, 생각들을 시인이 정해 준 순서와 속도로 품습니다. (아주 '흥미진진한' 이야기가 최고의 독서 경험을 유발하지 못하는 이유 중 하나는 탐욕스러운 호기심 때문에 독자가 일부 대목을 저자가 의도한 것보다 더 빨리 읽고 싶은 유혹을 받기 때문입니다.) 이것은 꽃병을 보는 것보다는 전문가의 지도 아래 '운동을 하는 것'이나 뛰어난 안무가가 지어 낸 군무에 참여하는 것과 비슷합니다. 우리의 쾌락에는 많은 요소가 있습니다. 우리의 정신 능력을 발휘하는 것 자체가 쾌락입니다. 따를 가치가 있지만 따르기가 쉽지 않은 것을 성공적으로 따르는 일은 쾌락입니다. 그리고 그 포이에마나 운동이나 춤이 거장의 작품이라면, 휴식과 움직임, 빨라짐과 느려짐, 더 쉬운 대목과 더 어려운 대목이 정확히 필요한 지점에 등장할 것이고, 우리는 자신에게 있는지도 몰랐던 욕구가 채워지는 것을 발견하며 기분 좋게 깜짝 놀랄 것입니다. 모든 것이 끝났을 때, 적당히 피곤하지만 너무 피곤하지는 않을 테고, '모든 것이 딱 맞을' 것입니다. 조금만 더 일찍─혹은 더 늦게─또는 조금이라도 다른 방식으로 끝났다면 참을 수 없었을 것입니다. [작품 감상이나 운동이나 춤의] 행위 전체를 뒤돌아보면, 우리가 전문가의 인도를 받아 우리 본성이 절실히 필요로 했던 패턴이나 배열을 이룬 활동을 따라왔다고 느끼게 될 것입니다.

그 경험이 우리에게 좋지 않았다면—그 포이에마, 춤, 운동 너머의 어떤 목적을 이루는 수단으로서가 아니라 지금 여기서 우리에게 좋지 않다면—우리에게 그런 영향을 끼칠 수 없었을 이 쾌락을 주지 못했을 것입니다. 뛰어난 작품이 끝날 때 느껴지는 긴장 완화, 약간의 (기분 좋은) 노곤함, 조바심의 사라짐은 그 작품이 우리에게 유익을 끼쳤음을 선포합니다. 이것이 바로 아리스토텔레스의 카타르시스 이론과, 위대한 비극이 끝난 후에 우리가 느끼는 '마음의 평정'은 '지금 여기서 우리의 신경계에 아무 이상이 없다'는 뜻이라는 리처즈I. A. Richards 박사의 이론 배후에 놓인 진실입니다. 저는 두 이론 모두 받아들일 수 없습니다. 아리스토텔레스의 이론을 받아들일 수 없는 것은 세상이 아직까지 그 의미에 대해 합의를 보지 못했기 때문입니다. 또 리처즈 박사의 이론을 받아들일 수 없는 것은 그 이론이 가장 낮고 힘 빠지게 만드는 형태의 자기 본위의 공상을 승인하는 것과 위험할 만큼 가깝기 때문입니다. 그는 비극이 우리가 현실에서는 서로 충돌할 충동들—무서운 일에 다가가고 싶은 충동과 그런 일을 피하고 싶은 충동—을 초기 수준 또는 상상의 수준에서 동시에 경험하게 해준다고 봅니다.* 그렇습니다. 저는 피크위크 씨의 선행에 대해 읽을 때 돈을

오독誤讀

주고 싶은 마음과 갖고 있고 싶은 마음을 (초기 수준에서) 동시에 경험할 수 있습니다. 〈몰던 전투〉[2]를 읽을 때는 아주 용감하게 행동하고 싶은 마음과 안전을 누리고 싶은 마음을 (같은 수준에서) 동시에 경험합니다. 이런 초기 수준은 케이크를 먹으면서 동시에 가지고 있을 수도 있는 지점이요, 위험을 감수하지 않고도 용감해지고 비용을 지불하지 않고도 관대할 수 있는 지점입니다. 문학이 제게 이런 종류의 일을 했다고 생각했다면 저는 다시는 책을 읽어선 안 될 것입니다. 그러나 비록 저는 아리스토텔레스와 리처즈 박사의 이론을 둘 다 거부하지만, 그들의 이론들은 옳은 종류의 이론이고 문학 작품들의 가치를 인생'관'이나 인생'철학', 또는 인생에 대한 '진술'에서 찾으려는 모든 이론에 반대하는 입장에 있다고 생각합니다. 그들은 독서의 좋음이(우리가 실제로 그 좋음을 느끼는 지점이) 읽는 도중에 우리에게 벌어진 일에 있지, 그와 동떨어진 그럴듯한 결과에 있지 않다고 봅니다.

하나의 로고스는 포이에마이기도 함으로써만 문학적 예술 작품이 됩니다. 반대로, 포이에마가 조화를 이루어 내는 상상, 감정, 생각

---

* Principles of Criticism (1934), pp. 110, 111, 245.
2) The Battle of Maldon. 991년 데인 족 바이킹들이 잉글랜드 에섹스 해안을 침공했을 때에 이들을 맞아 몰던에서 싸우다 죽은 비르트노스Byrhtnoth의 영웅적 행위와 그 부하들의 충절을 찬양하는 노래. 비르트노스는 적군과 정정당당하게 싸우려고 불리한 처지에 있던 적군이 물을 건너오는 것을 허용하는 기사도 정신을 발휘하지만, 결국 그는 장엄한 최후를 맞게 되고 부하들은 끝까지 수령 곁을 지키며 용감하게 싸우다 전사한다.

들은 로고스에 의해 우리 안에 일어나고 로고스를 향하며 로고스 없이는 존재하지도 않을 것입니다. 우리는 폭풍우 속의 리어를 시각화하고 그의 분노를 공유하며 연민과 두려움을 품고 그의 전체 이야기를 바라봅니다. 우리가 그렇게 반응하는 대상은 그 자체로는 비문학적이고 비언어적인 무엇입니다. 사건의 문학은 독자에게서 그런 반응을 불러일으킬 수 있도록 폭풍, 분노, 전체 이야기를 제시하는 글이며, [안무나 지도에 따라] '춤'이나 '운동'의 패턴이 나오듯 독자들의 반응이 나오도록 구성하는 것입니다. 던의 시 〈유령Apparition〉은 포이에마로서 아주 간단하지만 효과적인 구성을 갖추고 있습니다. 직접적인 모욕의 행동이 뜻밖에도 절정의 모욕으로 이어지지 않고 훨씬 더 불길한 침묵으로 이어집니다. 이 패턴의 재료는 우리가 그 시를 읽는 동안 던과 공유하게 되는 양심입니다. 이 패턴은 그 양심에 최종성과 일종의 우아함을 부여합니다. 단테는 그와 비슷하지만 훨씬 더 큰 규모로, 우주에 대한 우리의 감정과 그에 대한 이미지들이 그가 생각한 모습이자 부분적으로는 꾸며 낸 모습대로 나타나도록 정리하고 배치합니다.

과학적 독서나 기타 정보성 독서와는 반대로, 엄밀한 문학적 독서의 표시는 우리가 책에 담긴 로고스를 믿거나 인정할 필요가 없다는 것입니다. 우리 대부분은 단테의 우주가 실제 우주와 같다고 전혀 믿지 않습니다. 그리고 현실에서는 대부분 던의 〈유령〉에서 표현된 감정이 어리석고 저급하다고 판단할 것입니다. 심지어는 흥미조

오독誤讀

차 느끼지 못할 수도 있습니다. 우리 중 누구도 하우스먼의 인생관[3]과 체스터턴의 인생관을 동시에 받아들이거나, 피츠제럴드[4]의 오마르[5]와 키플링의 인생관을 동시에 받아들일 수 없습니다. 그렇다면 결코 벌어진 적이 없는 일에 대한 이야기들로 우리 마음을 채우고 현실에서는 피해야 할 감정을 대리적으로 경험하는 것이 무슨 소용이 있을까요? 결코 존재할 수 없는 것들—단테의 지상 낙원, 테티스[6]가 바다에서 올라와 아킬레우스를 위로하는 것, 초서나 스펜서가 그려 낸 자연 부인, 또는 노수부의 해골선—을 내면의 눈으로 진지하게 바라보는 일이 무슨 소용이 있을까요?

문학 작품의 좋음을 포이에마로서의 특징에서만 찾음으로써 이 질문을 회피하려 해봐야 부질없습니다. 로고스에 대한 다양한 관심에서 포이에마가 만들어진 것이니까요.

이제껏 제가 답에 가장 근접하게 다가간 결론은 우리가 자신의 존재를 넓히려 한다는 것입니다. 우리는 자신 이상이 되고 싶어 합니다. 본성상 우리 각 사람은 고유한 시각과 선별성을 가진 자기만

---

3) 그의 시는 우울하고 비관적이며 아름다움과 행복의 덧없음을 비탄하는 영탄조가 스며 있고 죽음과 슬픔의 분위기가 감돈다.
4) Edward FitzGerald, 1859년 오마르의 4행시 〈루바이야트〉를 번역 소개하여 유럽에 큰 영향을 끼쳤다.
5) Omar, 오마르 카이얌, 1052~1132. 페르시아의 시인이자 천문학자, 수학자. 인생무상을 노래했다.
6) 바다의 님페. 아킬레우스의 어머니.

의 관점으로 온 세상을 바라봅니다. 우리가 사심 없는 환상들을 만들어 낼 때도 그 환상들은 우리 자신의 심리로 흠뻑 젖어 있고 그 한계에 매여 있습니다. 감각의 층위에서 이런 특수성을 잠자코 따르는 것은—다시 말해, 자신의 시각을 에누리해서 보지 않는 것은—미친 짓일 것입니다. 그렇게 되면 우리는 철로가 멀어질수록 실제로 좁아진다고 믿어야 할 것입니다. 그러나 우리는 더 높은 층위에서도 시각의 착시를 피하고 싶습니다. 우리는 자신의 눈, 상상력, 마음뿐 아니라 다른 눈들로도 보고, 다른 상상력들로도 상상하고, 다른 마음들로도 느끼고 싶습니다. 우리는 라이프니츠식 모나드로 만족하지 못합니다. 우리는 창문을 요구합니다. 로고스로서의 문학은 일련의 창, 또는 심지어 문들입니다. 우리는 위대한 작품을 읽은 후에 '빠져나왔구나' 하는 느낌을 받습니다. 혹은 또 다른 관점에서 보면, '들어왔구나' 하는 느낌을 받습니다. 다른 모나드의 껍질을 뚫고 들어가 그 속은 어떤지 발견하는 것입니다.

그러므로 좋은 독서는 본질적으로 감정적 활동이나 도덕적 활동이나 지적 활동이 아니면서도 세 가지 모두와 공통점이 있습니다. 사랑 안에서 우리는 자신의 자아에서 벗어나 다른 자아 속으로 들어갑니다. 정의롭거나 자비로운 모든 행동은 도덕적 영역에서 우리 자신을 다른 사람의 입장에 놓게 하고 그럼으로써 우리 자신의 경쟁적 특수성을 넘어서게 합니다. 무엇이건 이해하게 될 때, 우리는 보이는 사실을 거부하고 있는 그대로의 사실을 받아들이는 것입니다. 각 사람의 주된 충동은 자신을 보존하고 확대하는 것입니다. 두 번째 충동은 자아에서 빠져나와 그 편협성을 바로잡고 외로움을 치유하고자 하는 마음입니다. 우리는 사랑 가운데, 덕 가운데, 지식 추구 가운데, 그리고 예술을 수용하는 가운데 그 일을 합니다. 분명히 이 과정은 자아의 확대로도, 자아의 일시적 소멸로도 묘사할 수 있습니다. 그것이 오래된 역설이지요. "자기 목숨을 잃는 사람은 구할 것이다."

그래서 우리는 우리가 옳지 않다고 생각하는 다른 이들의 믿음(예를 들면, 루크레티우스나 로렌스의 믿음) 속으로도 즐겁게 들어갑니다. 우리가 부패한 격정이라고 생각하는 말로[7]나 칼라일 같은 이들의 격정 속으로도 들어갑니다. 내용의 사실주의가 전혀 없는 경우라도, 기꺼이 그들의 상상 속으로 들어갑니다.

이것을 두고 제가 힘의 문학을 다시 한 번 지식의 문학의 일부분—다른 사람들의 심리에 대한 우리의 합리적 호기심을 만족시키기 위해 존재하는 부분—으로 만드는 것처럼 이해하면 곤란합니다. 이것은 (그런 의미의) 앎이 아닙니다. savoir(배우거나 들어서 알다)가 아니라 connaître(경험적으로 알다)입니다. erleben(체험하다)입니다. 우리가 다른 자아들이 되는 것입니다. 단순히 그들이 어떤 모습인지 보기 위해서가 아닙니다. 그들이 보는 것을 보고, 거대한 극장에서 그

---

7) Christopher Marlowe, 1564~1593. 영국의 극작가, 시인.

들의 좌석에 한동안 앉아 보고, 그들의 안경을 써보고 그 안경이 보여 주는 통찰, 기쁨, 두려움, 경이, 즐거움을 자신의 것으로 삼아 보기 위해서입니다. 따라서 어떤 시에서 표현된 감정이 시인이 진짜 경험한 것인지, 아니면 그가 상상한 것인지를 묻는 것은 적절하지 않습니다. 중요한 것은 우리가 그 감정을 직접 경험하게 하는 시인의 능력입니다. 던이 〈유령〉에서 특정한 기분에 대해 재미 삼아 극적인 거처를 제공한 것 이상의 의미를 실제로 부여했을 것 같지는 않습니다. 포프가 "그렇다, 나는 오만하다"로 시작하는 대목*에서 표현한 심정을 그 글을 쓸 때를 제외하고 진짜로 느꼈을지, 그 순간에 느꼈다 해도 거기에 극적인 의미 이상이 있을지는 더더욱 미심쩍습니다. 그것이 어떻든 무슨 상관입니까?

제가 볼 때는 이것이 로고스로 간주된 문학의 구체적인 가치 또는 유익입니다. 이것은 우리가 자신의 경험 이외의 경험들을 하게 해 줍니다. 우리의 개인적 경험들이 그렇듯 그 경험들도 모두 똑같이 해볼 만한 가치가 있는 것은 아닙니다. 어떤 경험은 좀더 '관심'이 갑니다. 이런 관심의 원인은 당연히 매우 다양하고 사람마다 다릅니다. 그 경험은 전형적인 것일 수도 있고 (그래서 우리는 "정말 그래!"라고 말합니다) 비정상적인 것일 수도 있습니다(그래서 우리는 "너무 이상해!"라

---

* *Epilogue to the Satires*, dia 11, 208.

고 말합니다). 그 경험은 아름다운 것, 끔찍한 것, 경이를 불러일으키는 것, 유쾌한 것, 처량한 것, 우스운 것일 수도 있고 그저 통쾌한 것일 수도 있습니다. 우리는 문학에 힘입어 이 모든 경험을 해볼 수 있습니다. 평생 충실하게 책을 읽어 온 우리는 작가들 덕분에 자신의 존재가 얼마나 넓어졌는지 좀처럼 깨닫지 못합니다. 그러나 비문학적인 친구와 대화를 나눠 보면 그 사실을 분명히 깨달을 수 있습니다. 그 친구가 더없이 선량하고 분별력 있다 해도 그는 여전히 협소한 세계에 갇혀 삽니다. 우리는 그런 세계 안에서 숨이 막힐 듯 답답함을 느낄 것입니다. 자기 자신으로만 만족하는 사람, 그리하여 작은 자아로 만족하는 사람은 감옥에 갇혀 있습니다. 저는 제 눈만으로 충분하지 않고 다른 이들의 눈을 통해서도 볼 것입니다. 많은 이들의 눈을 통해 바라본 현실도 충분하지 않습니다. 그래서 다른 이들이 지어 낸 것도 볼 것입니다. 그러나 모든 인류의 눈을 다 모은다 해도 충분하지 않습니다. 짐승들이 책을 쓸 수 없는 것이 애석합니다. 쥐나 벌에게 세상이 어떤 모습으로 다가오는지 알 수만 있다면 저는 기꺼이 배우고 싶습니다. 개가 경험하는 온갖 정보와 감정이 가득 찬 후각적 세계를 제가 감지할 수 있다면 더더욱 기쁘겠습니다.

문학적 경험은 개성이라는 특권을 허물지 않으면서도 상처를 낫게 해줍니다. 상처를 치유해 주는 집단적 감정들이 있지만, 그런 감정들은 개성의 특권을 파괴합니다. 그런 감정들 안에서는 우리의 구별된 자아들이 한데 모이고 우리는 개성 이하의 수준으로 다시 가라앉습니다. 그러나 위대한 문학 작품을 읽을 때 저는 수많은 다른 사람이 되면서도 여전히 자신으로 남아 있습니다. 어느 그리스 시에 나오는 밤하늘처럼, 저는 수많은 눈으로 보지만 보는 사람은 여전히 저입니다. 예배할 때, 사랑할 때, 도덕적 행위를 할 때, 무엇을 알 때 저 자신을 초월하게 되듯, 문학 작품을 읽으면서도 저는 자신을 초월하게 됩니다. 그리고 바로 그 때, 저는 그 어느 때보다 저 자신에게 충실한 존재가 됩니다.

오이디푸스에 대한 주註 (81쪽 참고)

부녀나 모자간의 결혼이 합법적인 사회가 있었다는 것을 근거로
오이디푸스 이야기가 이례적이라는 사실을 부인하는 사람들이 있을
수 있습니다.* 그들의 이론은 대지의 여신에게 그녀의 아들이기도 한
젊은 배우자를 제공하는 흔한 신화들 안에서 어느 정도의 증거를 발
견할 수도 있습니다. 그러나 이 모두는 우리에게 주어져 있는 오이디
푸스 이야기와는 별다른 관련이 없습니다. 오이디푸스 이야기는 그
냥 자기 어머니와 결혼한 남자의 이야기가 아니라, 모자간의 결혼을
가증하게 여기는 사회에서 자기도 모른 채 본의 아니게 어머니와 결
혼하는 잔인한 운명을 타고난 한 남자의 이야기이기 때문입니다. 혹
시 그런 결혼이 괜찮다고 생각하는 사회가 있다면 그런 곳에서는 오
이디푸스와 같은 이야기를 들려주는 일이 결코 없을 것입니다. 그런
이야기를 할 이유가 없을 테니까요. 자기 어머니와 결혼하는 것이 옆
집 처녀와 결혼하는 것만큼 정상적인 사회라면, 옆집 처녀와 결혼하

* Apollodorus, *Bibliotheca*, ed. J. G. Frazer (Loeb, 1922), vol. II. pp. 373 이하를 보라.

는 것과 똑같이 세상을 들끓게 할 만한 일이 아닐 테고 굳이 이야기로 만들 만한 사건도 아닐 것입니다. 오이디푸스 이야기가 이전 시대에 대한 희미한 기억, 또는 부녀나 모자 간의 결혼을 전혀 반대하지 않았던 이질적 사회에 대한 희미한 소문에서 '유래한' 것이라고 말할 수도 있을 것입니다. 그러나 지금 그 기억은 너무나 '희미해'—솔직히 말하면 너무나 잘못되어—졌기 때문에 현대인들은 그 옛 관습을 전혀 관습으로 인정하지 않고 기억으로 전해진 그 관습의 사례를 끔찍한 일회적 사고로 잘못 받아들입니다. 그 이질적 사회로 말하면 너무나 이질적이어서 그에 대해 전해지는 소문이 이야기꾼들에게조차 비슷한 오해를 유발하는 것이 분명합니다. 그렇지 않다면 우리가 아는 그 이야기는 별다른 반응을 얻지 못할 것입니다. 손님에게 그 자녀들의 살을 먹이는 것이 일종의 환대로 인정받는 사회에서 누가 티에스테스[1]의 이야기를 들려준다면 그 이야기는 별다른 반응을 얻지 못할 것과 같습니다. 그런 관습의 부재, 그런 관습은 생각도 할 수 없다는 반응이 그 이야기의 필요조건*conditio sine qua non*입니다.

---

[1] 미케네의 왕. 그의 형 아트레우스는 왕권 경쟁에서 그를 밀어내고 추방했다가 나중에 속임수를 써 다시 불러들인 다음, 그의 세 아들을 죽여 요리로 만들어 먹게 하였다.

믿음의 독서론

[군대에서 꾼 꿈]

지금은 어떤지 모르겠지만, 내가 군에 입대했을 때만 해도 자대 배치를 받으면 처음 몇 개월 동안 책을 읽을 수가 없었다. 그것은 합리적인 금지사항이었다. 신참은 중대 본부에서 하달하는 지시사항을 소대원들에게 '전달'하는 임무가 있기 때문에 항상 귀를 쫑긋 세우고 긴장하고 있다가 '전달' 소리가 들려오면 내무반 바깥으로 쏜살같이 달려 나가야 했다. 그런데 책을 붙잡고 거기 빠져 정신줄을 놓아 버리면 그 임무를 제대로 수행할 수 있을 리가 없는 일.

그러거나 말거나. 나는 책이 보고 싶었다. 그래서 몰래 챙겨간 포켓용 성경'이라도' 화장실에서 읽었다. 그런 결핍의 시간이 길어지자 급기야 서점에 가는 꿈을 꾸었다. 즐겨 가던 서점에서 책을 고르는 꿈이었다. 그런 꿈을 몇 번이나 꾸다가 마침내 병영에 갇혀 있는 군대 꿈을 꾸었을 때, 비로소 내가 군인이 되었구나 싶었다.

[번역가의 독서]

군대에서 책 꿈을 꾸던 청년은 이제 하루 종일 책과 더불어 사는 중년이 되었다. 그런데 번역을 하면서 살면 책을 원 없이 볼 것 같지만, 꼭 그렇지만은 않다. 물론 번역은 지겹도록 할 수 있다. 하지만 취미로서의 독서는 역시 주업인 번역을 하는 틈틈이, 혹은 하루치 번역 목표량을 채운 다음에야 할 수 있는 것이라, 번역가에게도 보고 싶은 책은 늘 넘쳐나고 책 읽을 시간은 늘 아쉽기만 하다.

번역가의 독서는 크게 생계를 위한 독서와 그 외의 독서(뭉뚱그려서 '취미형' 독서라고 부르자)로 나뉜다. 생계형 독서는 번역을 맡은 책과 그 책을 이해하고 제대로 번역하기 위한 파생독서가 되겠다. 관심이 가는 흥미로운 저자나 주제의 책을 돈까지 받아가며(!) 읽고 번역할 수 있는 것은 큰 복이다. 하지만 아무리 재미있는 책이라도 가볍게 넘기고 싶은 부분이 있고, 아무리 흥미진진한 주제라도 관심이 덜 가는 부분이 있기 마련인데, 번역을 하는 사람은 그 어떤 부분도 허투루 넘어갈 수 없다. 물론 혼자 읽고 끝냈을 책이었다면 대충 넘어갔을 부분을 곱씹고 살피는 피곤한 과정이야말로 번역 작업 중에서 나를 가장 많이 깨우치고 자라게 했으리라고 능히 짐작할 수 있다. 세상 일이 그렇다. 공짜는 없다.

취미형 독서야 다른 직업인의 경우와 크게 다를 바 없을, 그야말로 즐거운 독서다. 물론 이 두 유형의 독서가 칼로 두부 자르듯 딱 나뉘지는 않는다. 생계형 독서에서 출발한 파생 독서가 원래의 의도를 벗어나 산으로 가거나 들로 가는 경우도 많고, 취미형 독서로 쌓은 얄팍한 지식이 생계형 독서와 번역을 위한 지식과 글쓰기 능력의 내공을 쌓아주니까. "이것도 취하고 저것도 버리지 말라" 하신 예수님의 교훈은 여기서도 유효한 것 같다.

[이 책과의 인연]

십 년도 넘었다. 루이스의 전기《루이스와 잭》(홍성사 역간)을 번역하다 이 책을 알게 되었다.《루이스와 잭》에는 이 책의 마지막 부분이 인용되어 있었는데 나머지 내용에 관심을 갖게 만들기에 충분했다. 마침 번역서가 나와 있기에 구해 봤는데, 새롭게 번역해서 소개하고 싶다는 생각이 들었다. 하지만 해당 출판사의 판권이 살아 있어서 입맛만 다시고 말아야 했다.

그러다 몇 년 전 출판사에 이 책을 소개하고 출간 제의를 했다. 오랫동안 별다른 반응이 없어 아무래도 안 되려나 보다, 인연이 없나 보다 하고 있었다. 그러던 어느 날 사무실을 방문한 내게 편집장이 이 책을 내밀었다. 번역해 달라고. 없는 일정을 만들어 내어 번역을 맡기로 했고, 또 시간이 흘러 결국 이렇게 옮긴이의 말을 쓰며 나올 책을 기대하게 되었다. 이 책을 번역하기 전 일 년 정도 서양 고전들을 소개하는 두꺼운 책을 맡아 준비하고 번역을 진행하며 많은 고전을 읽었고, 직전에는 루이스의 책《폐기된 이미지》까지 번역한 터라 루이스가 독서를 논하는 이 책을 꽤 준비된 상태로 번역할 수 있었다. 감사한 일이다.

[믿음의 독서론]

이 책에서 루이스는 책에 대해, 책 읽기에 대해 많은 이야기를 한다. 루이스의 이야기를 내가 그보다 잘할 수는 없을 터, 두꺼운 책도 아니니 자세한 내용은 책을 보시면 될 듯하다. 여기서는 내가 번역을 하며 뇌리에 새겨진 두 가지만 적어 볼까 한다.

하나는 '믿음의 독서론'이라는 말이다. 루이스가 쓴 표현은 아니고 내가 임의로 붙여본 이름이다. 루이스의 독서론은 한마디로 믿음의 독서론이지 싶다. 이와 정반대의 대척점에 있는 것이 '의심의 해석학'일 것이다. 니체, 마르크스, 프로이트. 이들 19세기 서양의 위대한 사상가들의 공통점이 바로 의심의 해석학이라고 들었다. 텍스트 안에 있는 내용을 곧이곧대로 받아들이지 않고 그 안에 숨겨진 권력의지와 경제적 이해관계와 억압된 성적 욕망을 간파해낼 수 있도록 의심의 눈으로 바라보라는 것. 비판적 독서라고 할 때 우리가 떠올리게 되는 내용이 바로 이것이지 싶다. 텍스트가 말하는 내용에 그냥 고개를 주억거리지 말고 뭔가 꿍꿍이가 있지 않은지, 뭔가를 감추고 있지 않은지 살피라는 것이겠다. 왜 그렇게 해야 할까? 속지 않기 위해서이다. 봉이 되지 않으려는 것이다.

루이스의 〈나니아 연대기〉 중 마지막 책 《마지막 전투》에는 이렇게 속지 않으려고 단단히 마음먹는 캐릭터들이 등장한다. 난쟁이들이다. 그들은 당나귀에게 사자 가죽을 뒤집어쓰게 하여 나니아의 창조자인 사자 아슬란 행세를 시키는 악당에게 감쪽같이 속아 넘어가 이용당한다. 그런데 주인공들의 활약으로 악당의 정체가 폭로된 후에도 그들은 원래의 믿음을 회복하지 못한다. 아예 아슬란에 대한 믿음까지 내다버리고 다시는 누구에게도 속지 않으리라고 다짐한다. 그러나 그들은 누구에게도 속지 않으려고 누구 편도 들지 않고 버티다 결국 스스로가 만든 불신의 덫에 갇혀 버린다. 진실이 밝혀져도 진실을 보지 못하게 된 것이다.

절대로 속아 넘어가지 않으려고 하다 결국 그것이 덫이 된 사람의 이야기. 루이스는 이 책에서도 짤막하게 그런 사람을 비유로 든다. 그러나 속을 수도 있는 상황, 모호하고 불확실한 상황은 믿음의 조건이기도 하다. 상대(사람이건 책이건)가 의미 있는 이야기를 하고 있을 거라고 일단 믿어 주고 귀를 열어 놓아야 한다. 비판의 시간은 좀 기다려도 된다. 무조건 속지 않겠다고 작정하고 있으면 속임수는 피할지 몰라도 아무것도 배울 수 없다. 더욱이 그런 태도가 큰 낭패로 이어질 수도 있다. 아무것도 안 믿을 수는 없으니까. 결국 잔뜩 쪼그라들어 엉뚱하고 가치 없는 편협한 것을 자기도 모르게 믿고 붙들게 될 수도 있다.

[신기한 경험]

《오독: 문학 비평의 실험》은 분명히 책에 대한 책이고 독서를 다룬 책이다. 루이스의 독서론을 흥미롭게 살필 수 있고 책과 읽기에 대한 많은 통찰을 배울 수 있다. 그런데 이 책을 읽다 보면 신기한 경험을 하게 된다. 분명히 책 이야기를 하고 책 읽기에 대해 다루고 있지만 내용을 꼼꼼히 따라가다 보면 어느 새 다른 이야기를 듣게 된다. 독자는 생각했던 것과 다른 장소에 들어선 자신을 발견하게 된다. 자기도 모르게 삶을 대하는 태도와 인격을 대하는 입장과 자세를 돌아보고 생각하게 된다. 루이스는 분명히 독서를 말하기 위해 이런저런 예를 든 것인데, 독자는 그 예들에 매료되고 그 예들로 자신의 삶을 돌아보게 된다. 그럴 리야 있으랴마는, 루이스가 그 예들을 풀어놓을 멍석을 깔기 위해 독서론을 꺼내든 것이 아닌가 하는 생각마저 슬그머니 들었다.

루이스에게 책은 결국 '정보'를 접하는 도구가 아니라 인격을 만나는 자리라서 그런 것이지 싶다. 루이스는 이 책의 에필로그에서 독서의 목적은 자기를 벗어나는 것이라고 했다. 수많은 존재의 눈으로 바라보되 여전히 자기 자신으로 남아 있는 것. 루이스는 사랑에 빠지는 것을 그런 경험의 사례로 꼽는다. 그러면서 독서 또한 그런 경험의 장이 될 수 있다고 했다. 주로 책과 더불어 산다고 할 수 있는 내게는 희망에 찬 선언이다. 그가 말한 대로, 책 읽기가 나의 선입견과 고집을 강화하고 정당화하는 도구로 전락하지 않고, 나를 넓히고 수많은 눈으로 세상을 바라보는 창이 되어주기를 기대해 본다. 아끼면서 두고두고 읽을 만한 책을 또 한 권 번역해서 내놓게 되어 기쁘다. 독자께서도 부디 즐거운 시간 되시기를.

홍종락

옮긴이 홍종락

서울대학교에서 언어학과를 졸업하고, 한국해비타트에서 간사로 일했다. 2001년 후반부터 현재까지 아내와 한 팀을 이루어 번역가로 일하고 있으며, 번역하며 배운 내용을 자기 글로 풀어낼 궁리를 하며 산다. 저서로 《오리지널 에필로그》가 있고, 역서로는 《당신의 벗, 루이스》, 《순례자의 귀향》, 《피고석의 하나님》, 《세상의 마지막 밤》, 《개인 기도》, 《실낙원 서문》, 《오독》, 《이야기에 관하여》, 《현안》, 《영광의 무게》, 《폐기된 이미지》(이상 루이스 저서), 《C. S. 루이스와 기독교 세계로》, 《C. S. 루이스의 순전한 기독교 전기》, 《본향으로의 여정》(이상 루이스 해설서), 《C. S. LEWIS 루이스》, 《루이스와 잭》, 《루이스와 톨킨》(이상 루이스 전기), 그리고 루이스가 편집한 《조지 맥도널드 선집》과 루이스의 글을 엮어 펴낸 《C. S. 루이스, 기쁨의 하루》 등이 있다. 학생신앙운동(SFC) 총동문회에서 발행하는 〈개혁신앙〉에 '루이스의 문학 세계'를 연재 중이다. '2009 CTK(크리스채너티투데이 한국판) 번역가 대상'과 2014년 한국기독교출판협회 선정 '올해의 역자상'을 수상했다.

오독

문학 비평의 실험

An Experiment in Criticism

지은이 C. S. 루이스
옮긴이 홍종락
펴낸곳 주식회사 홍성사
펴낸이 정애주
국효숙 김의연 김준표 박혜란 송민규
오민택 임영주 주예경 차길환 허은

2017. 7. 25. 양장 1쇄 발행
2021. 6. 22. 무선 1쇄 인쇄   2021. 6. 30. 무선 1쇄 발행

등록번호 제1-499호 1977. 8. 1.
주소 (04084) 서울시 마포구 양화진4길 3   전화 02) 333-5161   팩스 02) 333-5165
홈페이지 hongsungsa.com   이메일 hsbooks@hongsungsa.com
페이스북 facebook.com/hongsungsa   양화진책방 02) 333-5161

An Experiment in Criticism by C. S. Lewis
Copyright ⓒ 1967, 2013 by Cambridge University Press
All rights reserved.
This Korean edition was published by Hong Sung Sa Ltd. in 2017 by arrangement
with Cambridge University Press, Cambridge, CB2 8BS, U.K. through KCC
(Korea Copyright Center Inc.), Seoul.

ⓒ 홍성사, 2017

• 잘못된 책은 바꿔 드립니다.   • 책값은 뒤표지에 있습니다.

ISBN 978-89-365-1434-1 (03800)